Brigitte Schwaiger

FALLEN LASSEN

Czernin Verlag, Wien

Gedruckt mit Unterstützung der Stadt Wien MA7 / Kultur.

Bibliografische Information Der Deutschen Bibliothek
Schwaiger, Brigitte: Fallen lassen / Brigitte Schwaiger
Wien: Czernin Verlag 2006
ISBN 10: 3-7076-0082-3
ISBN 13: 978-3-7076-0082-7

Umschlaggestaltung: Ulrich Schueler
unter Verwendung eines Selbstporträts der Autorin
Satz und Layout: Elisabeth Natz
Lektorat: Florian Huber
Druck: Druckerei Theiss GmbH, St. Stefan
ISBN: 3-7076-0082-3

Zitatnachweise: Ingeborg Bachmann Werke, Bd. I.
R. Piper & Co. Verlag, München 1978, 5. Auflage 1995.

Du haftest in der Welt, beschwert von Ketten,
doch treibt, was wahr ist, Sprünge in die Wand.
Du wachst und siehst im Dunkeln nach dem Rechten,
dem unbekannten Ausgang zugewandt.

aus: Ingeborg Bachmann, „Was wahr ist“

Pavillon 10, Ebene 2. Gemeinsame Toiletten und gemeinsames Badezimmer für Frauen und Männer. Ein Einbettzimmer, Mann oder Frau, ein hinzugebautes, im Saal, neues, größeres Einbettzimmer für einen Mann oder eine Frau, nimmt Platz weg. Einige wenige Zweibettzimmer, ich glaube, insgesamt drei. Männer oder Frauen. Ein Vierbettzimmer und ein Dreibett – für Frauen, ein riesiges Männerschlafzimmer (6-8 Betten). Verlässt eine Frau im Nachthemd das Frauenschlafzimmer, stößt sie zusammen mit einem aus dem nebenan liegenden Männerzimmer torkelnden unfrisierten halbnackten Mann. Speichel rinnt ihm von den Lippen, Haar nach allen Seiten abstehend, es ist kein Pfleger da, wenn einer aufsteht und zur Toilette wankt.

Das Badezimmer: Man nimmt ein Bad, eine Dusche. An zwei Waschbecken je ein Mann, eine Frau, sich das Gesicht waschend. Geschlechtertrennung, sagte ich einmal. Ich wünsche mir Geschlechtertrennung. Ja, es sei zu wenig Platz.

Ein Einzelzimmer hätte ich gerne einmal gehabt, aber es gab für Schriftstellerinnen natürlich keine Ausnahmen. An der Tafel an einer Wand Namen. Schwaiger Brigitte, L(...) Kaspar, B(...) Ulrike. Entschuldigen Sie, aber, sind Sie *die* Schwaiger?

Sind das *Sie?*

– Ich habe Sie für eine Ärztin gehalten, sagt eine Mitpatientin. So wie Sie herumgegangen sind vorher, und so, wie Sie gekleidet sind, und so, wie Sie sich im Speisezimmer benommen haben, hab ich geglaubt, Sie sind eine Ärztin. So, wie Sie mit dem einen Patienten gesprochen haben. Das war für mich eine Erleuchtung.
– Was war die Erleuchtung?
– Na ja, die Art, wie Sie mit ihm geredet haben.
– Ja danke. Ich habe selbst einmal die Erleuchtung gehabt, vor einem Jahr, ich bin ja schon einige Male hier gewesen. Da hat eine Patientin mit einer Mitpatientin gesprochen. Da habe ich mir gedacht: Aha, das werde ich auch tun.

Einfach dem Mitpatienten, der aus dem Mund speichelt oder dessen Lippen gelb sind von Spuckerückständen, eingetrocknet, ihm oder ihr sagen: „Geh bitte, sei so gut und wisch dir den Mund ab! Ich kann das nicht mehr anschauen!“

Die, von der ich das lernte, dass man mit Patienten reden kann wie mit Mitmenschen, war schlank, groß, herrlich gekleidet, nämlich dezent und pfiffig. Ihre Mutter schizophren, ihr Bruder schizophren, sie mit ich weiß nicht mehr was für einer Diagnose. Sie war verliebt in einen Mann, den sie erst kurz kannte, der im Ausland lebte. Täglich telefonierte sie mit ihrem Handy mit London. Ein Patient, der vorher bei mir gewesen war („Bitte, hätten Sie eine Zigarette für mich" näherte sich ihr mit derselben Frage, und sie sprang auf, warf ihr Strickzeug hin (sie strickte mit feiner Wolle ein ganz besonderes Muster), hob die Arme und lief durch den Saal: „Ich kann nicht mehr! Ich kann nicht mehr! Ich halte das nicht mehr aus!"

Ich hielt es auch nicht mehr aus und konnte auch nicht mehr. Ich war froh, dass sie durch den Saal lief und es sagte. An meiner statt, danke, meine Liebe, habe dich leider schon lange nicht mehr gesehen. Vorher war nämlich die ältere Dame mit den Krücken im Rollstuhl gekommen, die, die sich einmal aus dem Fenster gestürzt und überlebt hatte. Sie war geistig gebildet, körperlich nicht besonders anziehend, langes, offenes Haar, dunkel gekleidet, sie sprach vornehm und ruhig, ärgerte sich, dass niemand sich mit ihr befasste, bat mich um Zigaretten. Und die Strickerin mit ihrem Geliebten in London, der schizophrenen Mutter, dem schizophrenen Bruder und ich hatten der Dame Zigaretten gegeben, dann war der Mann gekommen, der auch welche wollte, und da drehte ich fast durch, aber die Jüngere warf eben wirklich ihr Strickzeug hin und demonstrierte.

Dass es nämlich nicht mehr zu ertragen war. Die Armut, die Bedürftigkeit, diese Menschen, die aus ihrer Familie ausgestoßen, von der Ehefrau eingeliefert oder von der Polizei, aus einem Gefängnis vielleicht gerade entlassen und wegen psychischer Krankheit in der Psychiatrie, „Mein Sachwalter kommt heute Nachmittag, er gibt Ihnen die Zigaretten ganz bestimmt zurück."

„Entschuldigen Sie, bitte, hätten Sie einen Euro für mich? Ich möchte telefonieren." Das Telefon ist ein uralter Apparat, im oberen Stockwerk. Zwei lange Stiegen hinauf. Nicht jeder schafft es, die Stufen zu erklimmen. Es sind Menschen so geschwächt von Tabletten, dass sie telefonieren möchten, es aber sein lassen. Das Bürotelefon auf unserer Ebene darf von Patienten nicht benutzt werden.

Manchmal, ausnahmsweise, borgen ein Arzt, ein Pfleger, eine Schwester das Handy her.

– Aber nur kurz.

– Natürlich.

So wie ein Arztgespräch nicht lange dauern darf. (Sagen Sie mir kurz … erzählen Sie mir kurz …)

In der Beschäftigungstherapie, einen Stock tiefer, im Keller, mit Ausgang zum Park, weshalb der Keller Ebene 1 ist, unsere ist Ebene 2, Ebene 3 das Telefon und die Geriatrie sowie die Gymnastik, Ebene 4 eine Station wie hier, nur nicht Notaufnahme, keine Akuten, sondern die Chronischen. Toiletten und Badezimmer für Damen und Herren gleichzeitig. Oben nicht so sauber wie herunten, hörte ich von Mitpatientinnen, die hinaufwechselten, weil auf Ebene 2 Betten gebraucht wurden.

Die charmante Strickerin mit dem Handy-Anschluss nach London sagt, die Beschäftigungstherapie sei wie ein Kindergarten. Sie ruft „Tante …!" wenn sie die Therapeutin braucht. Wir sitzen an Tischen, nähen, sticken, stricken, basteln, zeichnen, malen, kleben, schneiden, singen aber dabei kein Lied. Wir sind die fleißigen ArbeitsdienstlerInnen vom Steinhof. Punkt zehn Uhr vormittags wird geöffnet. Vorher sitzen wir (wenn Winter ist) im kalten Vorraum auf einer Bank. Dann wird aufgesperrt. Wir dürfen in die lichten Hallen (Kunstlicht), jeder an seinen Tisch. Einige „Tanten" von Tisch zu Tisch gehend, dann wieder untereinander tratschend, sehr kranke Gestalten scheinen auch sie zu sein. Eine Schusselige, Befehlerische, vor der sich Patienten fürchten. Eine hagere, magere, mit dem Haar gefärbt: blau, grün, rosa, gelb. Sie trägt die Mode des Leiberl-Hose-Bauchzeigens. In ihrem Nabel, glaube ich, ein Edelstein. Ihre Kollegin, die Ergotherapeutin (Ergotherapie ist gleich Beschäftigungstherapie) Nummer drei vom Hals bis zu den Knöcheln tätowiert.

Die Strenge, Schusselige, Befehlerische ist mir lieber, weil sie in meinem Alter ist. Sie nimmt mir, wenn ich etwas nicht machen kann, die Sache aus der Hand und vollendet sie. Eigentlich wollte ich nur stricken. Einen Wollschal nach dem anderen. Beim Stricken kann man so gut nachdenken und zuhören, träumen, Pläne schmieden, Entschlüsse abwägen. Als ich nach dem ersten Schal einen zweiten anfange, sagt die Gestrenge: „Nein!!! Wieder ein Schal?“ Sie zeigt mir ein norwegisches Häkelmuster, häkelt es mir vor.

– Mir ist das zu kompliziert.
– Nein.
– Was möchten Sie denn machen? Noch einen Schal, das erlaube ich Ihnen nicht! Natürlich hätte ich darauf bestehen können, dass das Schalstricken sich bei mir gut bewährt hat als Mittel zur Beruhigung und Sammlung. Wenn es auch zur Sucht wurde einmal, denn da strickte ich eine Zeitlang für Menschen, denen ich etwas Gutes tun wollte, nur noch Schals, anstelle von Briefen oder Besuchen. Jeder, den ich gernhatte, bekam einen.

Die Ergotherapeutin meint, ich könnte etwas nähen. Nähen, ach Gott, aber bitte. Ich bringe nach einigen Tagen sogar meine eigene Nähmaschine mit in meinem Einkaufswagerl. So wie ich ein Klavier besitze und nicht spiele, so besitze ich auch eine Nähmaschine, obwohl ich nicht nähe. Nun nähe ich Bettwäsche, wochenlang. Dann wieder etwas anderes. Eine Pappfigur, die mehr oder weniger missglückt ist, so bemalen, dass man das Missglückte möglichst nicht sieht. Ich wende meine mir in langen Jahren erworbene Malkunst an. Der *Clown* wird ganz hübsch. Ob ich ihn haben möchte? Nein, danke. Dann geben wir ihn zur Weihnachtsausstellung. Zu Weihnachten wird nämlich Basar gemacht in psychiatrischen Spitälern. Patientenwerke ausgestellt und zu niedrigem, d. h. vernünftigem Preis verkauft. Seidenschals, bemalt, Pullover, Aschenbecher, Schüsseln, kleine Figuren, geflochtene Körbe, gebundene Bücher mit Leerseiten und so weiter.

Ein Patient malte auf Seide einen Kakadu. Er wurde gefragt, ob er ihn mit nachhause nehmen wollte. Nein, danke, ich habe eh schon so viel daheim. Er sprang bald darauf zuhause aus dem Fenster, tot. Vielleicht vierzig. Schlank, mittelgroß, Brille, immer traurig. Wir schälten mittwochs (Vormittag am Mittwoch gilt dem Kochen) Erdäpfel miteinander, er hatte einen blauschwarzen, schon ein wenig abgetragenen Pullover an, eine Art Skipullover, den er fast immer trug. Beim Erdäpfelschneiden und Arm-über-die-Schüssel-Bewegen strich sein herabhängender Ärmel meist über die potatoes, ich sagte, er solle den Arm heben, er: „Ja, weil der Pullover schmutzig wird, danke.“ Ich hatte eher gedacht, dass es unappetitlich ist für die, die diese Erdäpfel dann essen werden.

Er ging am Tag vor seinem Tod noch mit uns spazieren, Mittwoch Vormittag gemeinsames Kochen, Mittwoch Nachmittag gemeinsamer Spaziergang. Wir versammelten uns, wir, die Ergo-Therapie-Mitglieder, dann ging's los. Entweder mit öffentlichen Verkehrsmitteln in die Stadt oder nach Schönbrunn, oder zu Fuss irgendwohin in der Nähe. Es wurde abgestimmt, meist schon Tage vorher. So wie das „Was wollen wir am Mittwoch kochen?" viele Tage vorher schon geplant wurde, gemeinsam beschlossen. Wer, wie, was. Wo kaufen wir ein. Wer besorgt die Kürbisse, ich, ich, ich!

Bin zu etwas gut, kaufe Kürbisse. Und der, der sich umbrachte, einen Tag vorher. Eben hatten wir Kochen, dann Spaziergang zu Fuss von den Pavillons hinauf, an der Otto Wagner Kirche (kein Zweifel, dass sie schön ist, von der Ferne, die goldene Kuppel, das ist ja wie Jerusalem) und in den Wald, über Hänge, auf Wegen neben Wiesen und Feldern, zur Schutzhütte, Schutzhaus, dort konnten wir, es war Frühling, im Freien sitzen. Cappuccino, Limonade, Tee. Der neben mir schwieg. Ich wusste, dass er unglücklich war. Ich schwieg auch. Ich war mindestens so unglücklich wie er. Als ich am nächsten Tag von einer Mitpatientin ins Ohr gewispert bekam, er sei tot, erschrak ich, wünschte ihm alles Gute, gratulierte ihm und beneidete ihn. Gut, dass ich nichts mehr gesagt habe, dachte ich. Er meinte, sein Pullover wird schmutzig von den rohen Erdäpfeln. Ich hatte gemeint, er sei unappetitlich. Gut, dass ich das nicht sagte, dachte ich, gut, gut, gut, sonst würde ich glauben, er ist deshalb hinuntergesprungen.

– Du musst es tragen mit Gelassenheit, sage ich zur Informantin. Er ist tot, er hat es geschafft, er muss nicht sein weiteres Leben als Krüppel verbringen, wir wissen nicht, warum er es getan hat, wir haben ihn ja nicht gekannt, außer dass er hier war. Ich mache mir jedenfalls keine Vorwürfe. Ich war immer möglichst nett zu ihm.
– Aber ich war nicht nett, sagt sie. Ich bin nicht nett zu ihm gewesen.

Sie ist eine der Patientinnen, die zu niemandem nett war, ja, ich erlebte sie monatelang als vollkommen in sich verkapselte Person, mit einer gewissen Schrulligkeit. Mit seltsamem Gang. Bei einem anderen Aufenthalt erzählt sie eines Abends plötzlich im Speisezimmer, sie sei aus dem vierten Stock gesprungen und habe überlebt. Acht Monate Gips im Krankenhaus. Sexuell missbraucht von den Eltern.

Sexuell missbraucht von der Großmutter, vom Großvater. Es sind so viele sexuell missbrauchte Kranke. Die sich nie wieder erholen, die immer Angst haben, Zweifel, Selbsthass.

Vor ein paar Tagen ein Anruf, andere Patientin, Mitte dreißig, berufsunfähig, Stimmenhören, sexuell missbrauchtes Kind, hat sich „lange nicht gemeldet bei dir, Brigitte, entschuldige, aber ich habe einen Selbstmordversuch gemacht und war lange im Spital." Einer der Versuche war so: Viel Alkohol und achthundert *Truxal*. In einem Wald. Gefunden, als sie im Koma war. „Das Koma war wunderschön. Ich habe lauter Luftballons über den Wiesen aufsteigen gesehen."

Ein Kritiker schrieb mir, ich solle über diese Dinge nicht schreiben. Die Leser würden Selbstmord begehen, weil ich darüber schreibe. Wenn man einen Selbstmordversuch gemacht habe, solle man es niemandem sagen.

Das Essen war gut, das Mineralwasser war gut, wurde aber wegen Budgetkürzung Ende 2003 gestrichen. Leitungswasser. Wir nehmen die bereitstehenden kleinen Trinkgläser und holen uns halt das Leitungswasser aus der Männer-Frauen-Toilette, die auch das Personal benützt. Erste Tür Männer, zweite Tür Frauen, dritte Tür mit Schlüssel, fürs Personal. Oft geht ein Mann in die Frauenkabine und umgekehrt, es ist die Toilettenbrille oft naß und die Schüssel nicht sauber, manchmal verstopft, mit Toilettenpapier und Kacke, die Kacke manchmal neben der Schüssel, auf den Fliesen in der Kabine, mein Gott, was haben erst die Juden leiden müssen, ich helfe mir immer mit den Juden, die Juden im KZ, und ich in einem sehr freundlichen Konzentrationslager, in dem nicht geschossen wird. Das ist doch was.

Und die Kälte dort, die atmosphärische? Menschenliebe wollt ihr auch noch haben? Menschenwärme?

Wir psychisch Kranke werden nicht vergast, nicht durch Zwangsarbeit gefoltert, nicht geschlagen. Oder nur sehr, sehr selten, in Zeiten äußerster Not drischt vielleicht einmal versehentlich jemand auf den Patienten ein oder gibt der Patient der Krankenschwester, die ihn beleidigt, eine Ohrfeige.

– Warum haben Sie sie geschlagen? frage ich ihn. Die Krankenschwester hat sich entfernt. Er ißt weiter sein Mittagsmahl.
– Weil ich in dem Ton, den sie hat, mit mir nicht reden lasse. Weil sie ein Nazi ist, eine Faschistin und eine Schlampe.

Ich freute mich ja im Stillen, als sie die Ohrfeige bekam. Es war die Schwester, die von allen Patienten gefürchtet wurde, auch von mir. Als ein Patient mir sagte, sie habe ihn schon zwanzig Mal ins Gitterbett gesperrt, ging ich mit ihm zu ihr, sie war gerade in der Küche. „Sie sind keine Krankenschwester", sagte ich, „Sie sind eine böse Frau! Wenn Sie das Essen austeilen, geben Sie mir immer zu wenig! Ich bleibe immer hungrig, wenn ich von Ihnen das Essen bekomme!"

Mit einer anderen Krankenschwester wurde ich per Du, und als ich ihre gefürchtete Kollegin einmal kurz erwähnte, unterbrach sie mich: „Sag ja nichts über die (…)! Ohne die (…) tät' bei uns überhaupt nichts mehr funktionieren!" Diese Krankenschwester, die nicht gestattete, dass über die tüchtige Kollegin eine Klage vorgebracht wurde, nahm sich drei Wochen Urlaub eines Tages, um in Psychotherapie zu gehen. „Wenn ich jetzt keine Therapie mache", sagte sie, „dann werde ich selber krank."

Und das wollen wir ja nicht. Wir müssen fit bleiben.

Das unfreiwillige Aufeinandertreffen mit Menschen, die gleich mit einem per Du sind. Verschiedener Erziehung, aus allen Schichten, allen Berufen, Nationen. Dazu die Halbnackt-Auftritte fremder Menschen, ganz nah, meist Männer. Das Geduztwerden von einer Krankenschwester, plötzlich. Ärzte, Pfleger, Krankenschwestern miteinander per Du. Zumindest im Pavillon 10. Nackte, behaarte Unterschenkel, Schlapfen, halb offene Bademäntel, *Tschick,* „haben Sie ein Feuerzeug?", „ja, aber Sie müssen es mir zurückgeben".

Stühle werden geräuschvoll verschoben. Holz auf Keramikfliesen. Tische werden verschoben. Fernsehen aufgedreht, lauter gestellt, leise gestellt. CDs dazwischen gespielt, vom Schwesternzimmer aus, ein Lautsprecher im Saal. Es ist ein Saal, ja. Keine Geborgenheit. Ab und zu rauft jemand, Tischtennis konnte gespielt werden monate- und jahrelang, doch dann wurde der Raum verkleinert, nein, hinten haben sie von einem Saal etwas weggenommen, eben um diese Mauer zu bauen, ein Zimmer innen im zweiten Saal anbauen anstatt von außen.

Für schwierige Patienten. Solche, die aggressiv sind, meist im Gitterbett. Es sieht das neue Zimmer von außen wie ein Sonderkerker aus oder eine kleine Garconniere.

Es war oft dort dieses *Wie mache ich mich meinen Mitmenschen verständlich.* Wem schreibe ich. Was könnte ich erzählen, warum ich hier bin. Auf keinen Fall darf es lauten „Glaubt nicht, dass ich verrückt bin, nur weil ich lieber in Steinhof bin als unten in eurem Wien." Verrückte sagen immer, dass sie nicht verrückt sind. Es ist mir bei den täglichen Morgengesprächen, zwanzig bis vierzig Patienten, ein, zwei Ärzte, ein Pfleger, eine Krankenschwester oder zwei, nicht immer angenehm gewesen, vor fremden Menschen mein Leid auszupacken, und ich habe es auch für mich behalten weitgehend. So wie auch die Mitpatienten nicht viel redeten. Nur: Wie haben Sie geschlafen, was passt Ihnen an der Medikation, was nicht, möchten Sie heute Ausgang haben, was planen Sie für das Wochenende? Erwarten Sie Besuch? Wann kommt Ihr Sachwalter? Haben Sie schon Kontakt zur Patientenanwaltschaft aufgenommen? Sollen wir Ihre Eltern verständigen, dass Sie hier sind? Wünschen Sie besucht zu werden oder wollen Sie keinen Besuch?

Es wünschten etliche Patienten keine Besuche. Es wehrte sich eine junge Frau ständig gegen die Besuche ihrer Eltern, wurde nicht ernst genommen, die Eltern erschienen fast täglich, perfekt gekleidet, die junge Frau auch mit einem großen Koffer voll bester Kleidung, besonders der Herr Papa saß weit über die Besuchszeit hinaus im Speisezimmer. Vielleicht hatte er eine besondere Mission. Oder ein gewaltiges Trinkgeld gegeben. Jedenfalls, noch zwei Stunden nach dem Ende der Besuchszeit (neunzehn Uhr) war der immer noch da, und ich mied gern den Kontakt mit Besuchern, weil die Leser unter den Patienten, die Literatur liebenden, begeistert waren, einige, von meiner Anwesenheit. Da gehe es ihnen schon viel besser gleich. Und so gab es auch neugierige Blicke auf mich von Eltern oder sonstigen Angehörigen, ich wurde vorgestellt, durfte oder sollte, musste mich zwecks gepflegter Unterhaltung (die mich überaus anstrengte) an den Tisch setzen. Oder: Ich interviewe einen Mitpatienten und eine Mitpatientin schreibt mit.

Ich frage den Mitpatienten, den ich schon von mehreren Aufenthalten kenne, nach seiner Lebensgeschichte, seinen Meinungen zu diesem und jenem, er ist ein sehr gebildeter Alkoholiker, halb gelähmt wegen kaputter Beine (Alkohol kann Lähmungen erzeugen), und die neue Patientin, sie ist Journalistin, schreibt mit. Ich bitte sie, über diesen Mann keinen Zeitungsartikel zu schreiben, denn was er erzähle, erzähle er ja mir. Ein anderes Zimmer ist nicht da. Das Personal meint, wir sollten, um zu verhindern, dass die Patientin mitschreibe, uns auf den Balkon setzen. Doch dort ist es viel zu kalt. Ich gehe dann zu den Ärzten und teile mit, dass es ein Copyright gibt in der Literatur, und dass der Patient und ich, wenn ich niederschreibe, was er erzählt, ein gemeinsames Copyright haben. Und dass es schließlich und endlich ich bin, die Art meines Fragens, meines Verstehens und Nachfragens, was ihn zu fundiertem Erzählen bringt, und nicht fair, wenn eine Berufsrivalin (Journalisten sind oft ärgerlich über Romanschriftsteller) das notiert und dann für sich beansprucht, noch dazu ohne Zustimmung des Patienten. Die Ärzte sagen, das müsse ich mit dem Patienten selbst ausmachen, wem er erzählen wolle und wem nicht. „Und Zurückziehen!“ wird empfohlen.

Wir vertreiben uns die Zeit zwischen Frühstück und Mittagessen irgendwie, wenn nicht Termine sind, etwa Beschäftigungstherapie, Einzelgespräch, Physiotherapie oder Wege zu Ärzten oder auf Ämter. (Wer so krank ist, dass er Amtswege alleine nicht schafft, durch den Verkehr in Wien, erhält Begleitung von einer Sozialarbeiterin.) Ich vertreibe mir die Zeit mit Patientenbefragungen. Wie lange sind Sie schon krank, was war vorher, wohin werden Sie gehen, wenn Sie entlassen sind, was ist Ihr größter Wunsch, darf ich Sie in einem Buch erwähnen, ohne Namensnennung. Manche wünschen sich, man solle gleich ein ganzes Buch inklusive Namensnennung über sie schreiben.

Einmal kommt ein Arzt. „Frau Schwaiger, Sie dürfen hier über alles schreiben, was Sie sehen, hören, über alles, was hier passiert. Es darf natürlich auch kritisch sein. Und ohne Namensnennung. Wir wünschen uns, dass Sie ein Buch über die Psychiatrie schreiben und wieder einen Erfolg haben wie mit *Wie kommt das Salz ins Meer.*"

Er meint es gut, ich fühle mich auch sehr geehrt, aufgefordert zu konstruktiver Kritik und Information der Bevölkerung. Zugleich tut weh, dass er „Erfolg" und *„Wie kommt das Salz ins Meer"* ausspricht. Ich fühle mich unter Druck, Leistungsdruck, ich werde keinen Bestseller mehr schreiben, das schwor ich mir schon wenige Monate nach dem Erscheinen des ersten Romans. Nie wieder ein Bestseller, und auf ging's, anderer Stil, andere Themen, ein Zickzacklauf zwischen literarischen Genres. Nur nicht ewig dieselbe Masche abwickeln. Nur nichts wiederholen wollen. Sondern immer etwas Neues. Nicht stehenbleiben, kein literarischer Roboter werden. Nun ein Buch über Psychiatrie. Da ging die Meinung dann auseinander. Zu einem Arzt sagte ich: „Ich habe heute schon viel arbeiten können." „Sie sind nicht bei uns, um zu arbeiten, sondern um sich zu erholen."

Ein Telefonat mit einem Jugendbekannten, er lebt in Wien, ist selbst Künstler und hat Depressionen. Während zweier Aufenthalte für einige Zeit daheim, rufe ich ihn an. Er empfiehlt Seneca als Lektüre und *Fluctine* als ein Mittel, das zumindest ihm sehr hilft. Dann bringt eine Freundin, es gibt ja doch eine, mir Seneca ins AKH.

November 2004, ich werde besucht von der Jugendbeamtin, die meinen Sohn betreut, während ich immer kurz vor der Entmündigung lebe, denn die, die einen Sachwalter ja schon im Jahre 1994 wünschte, war ich selbst. Ich kann Kunst machen, aber ich kann sie nicht verkaufen. Ich bin angewiesen auf Menschen, als Künstlerin, die sich mit dem Verkauf von Kunst befassen, und von solchen Menschen kann man sehr gut betreut aber auch stark übers Ohr gehaut werden oder in anderer Weise missbraucht. Nach Jahrzehnten Erfahrung mit Verlegern traue ich eigentlich fast keinem mehr. Verleger wollen Geld verdienen, Künstler brauchen natürlich auch Geld, doch sie brauchen auch anderes, und Künstler ohne Familie, ohne Verwandte, ohne Geborgenheit, allein streunend durch die Stadt, psychisch krank, angewiesen auf Freundlichkeit, gleichgültig, von wem, setzen sich oft zu so genannten Sandlern, Bettlern, besuchen Verhaftete, weil sie sich nützlich machen wollen auf jeden Fall, ihren „Nützern" aber nicht mehr trauen: ausgenutzt wurden sie und in Schaffenskrisen allein gelassen und verlassen.

Seneca ist mein guter Ratgeber im Sommer 2004 und darüber hinaus. Im November und Dezember bin ich im AKH in der Verhaltenstherapie. Eine Mitpatientin, sehr zart, apart gekleidet, leidet unter fürchterlichen Depressionen, sagt immer wieder, sie werde sich umbringen. Sie stürzt einmal, hat plötzlich einen epileptischen Anfall oder etwas Ähnliches. Dabei bricht sie sich eine Schulter. Sie kommt auf eine andere Abteilung. Dort gibt es einen Eklat, sie will nicht operiert werden oder nicht festgebunden werden, sie ist dann wieder auf unserer Station, sie vegetiert dahin, manchmal geht es ihr ein wenig besser. Ihre Mutter, eine Schneiderin, kommt jeden Tag. Sie bringt *mir,* wenn sie kommt an Samstagen, eine Zeitung mit. Ihre Tochter ist nur wenig über dreißig. Arbeitete viele Jahre als Betriebsrätin in einem Institut für Verbreitung österreichischer Literatur. Sie sagt, sie habe gesehen, wie wenig dort gearbeitet werde, wie hoch die Gehälter seien. Sie habe es nicht ertragen und habe gekündigt.

Nach der AKH-Intensiv-Spezialtherapie bin ich monatelang in ambulanter Borderline-Gruppen-Therapie im dritten Bezirk, wo auch eine Mitpatientin aus dem AKH sitzt, eine Ärztin, die berufsunfähig geworden ist. Sie sagt: „Heute ist das Begräbnis." Es ist die Betriebsrätin, die sich das Leben genommen hat mit einer Überdosis.

Was sie erzählte, darf ich nicht preisgeben, sie hat es mir anvertraut. Wir hatten viele gemeinsame Bekannte. Sie war Lektorin, lebte eine Zeit lang in New York, wo sie glücklich war. Sie sagte in den AKH-Gruppensitzungen einige Male, sie überlege, ob sie wieder nach New York gehen solle. Die Meinung der Therapeuten war, wenn sie in New York sei, gehe es ihr gut, einverstanden, nur, wenn sie zurückkomme, gehe wieder alles von vorne los. Sie solle sich heilen lassen und erst dann wieder ins Ausland gehen.

Ihr Leichnam wurde obduziert und eine Fettleber festgestellt. Sie hatte schlank sein wollen und kein Fett gegessen. Die Leber erzeugt, wenn sie kein Fett zugeführt bekommt, das Fett selbst. Fettleber ist eine schwere Krankheit. Medikamente schlugen bei ihr kaum an. Sie sagte zu ihrer Mutter: „Du hast über dreißig Jahre lang eine Tochter gehabt, jetzt kann ich nicht mehr, bitte, lasst mich sterben."

Bei meiner Verabschiedung von ihr im Dezember hatte ich ihr und ihrer Mutter versprochen, einmal ein Porträt zu malen. Dazu kam es nicht, da die Malerei teuer ist, und ich werde nicht gefördert, muss mir Geld für Malsachen ausborgen und mit Bildern bezahlen, nur selten treib ich Geld für Sitzungen auf. Ich ließ mir also Zeit mit dem Anrufen bei ihr, und nur zwei Monate später war sie tot.

Die berufsunfähige Ärztin und ich fuhren zum Friedhof, es schneite, es war sehr kalt, hoher Schnee lag dort. Wir fanden das Grab nicht, es war der sehr große Neustifter Friedhof. Dann hieß es, die wirkliche Beerdigung, Beisetzung der Urne, finde erst in einigen Tagen statt. Ich konnte nicht teilnehmen, weil ich einen Termin auf dem Bundessozialamt hatte.

Wir sind nicht mehr fähig, unsere mitmenschlichen Pflichten zu erfüllen. Der Staat mit seiner Blindheit und seinem Geiz hindert uns daran. Wir sind die letzte Klasse in Österreich, letzte Klasse in Europa, letzte Klasse überall auf der Welt.

Meine Freunde haben mich im Spital nicht besucht. Baumgartner Höhe 1, Pavillon 10, mit dem Bus 48 A bequem zu erreichen, fährt von der Ringstraße, Bellaria, bis vors Tor. Mit der Straßenbahnlinie 49, Ringstraße, Bellaria, bis zu einer Station in der Hütteldorferstraße, umsteigen in den Bus 47 A, vors Tor. U 3 gibt's auch, dann umsteigen in die Linie 46, man kann auch mit der Straßenbahnlinie 46, bequemer, moderner Wagen, von der Bellaria bis zum Wilhelminenspital fahren und noch weiter, dann, Endstation Linie 46, in den Bus 48 A und noch vier, fünf Stationen. Tor, am Portier vorbei, ein paar Schritte hinein ins Gelände, kleine Trafik, kleines Lebensmittelgeschäft, Café, hinauf zu den Pavillons, es ist kein Aufstieg auf den Großglockner, aber kurzatmig wird man schon. Es ist auf Hügel gebaut worden vor hundert Jahren, Patienten gehen hinauf und hinunter, Ärzte und anderes Personal fahren mit Autos, es gibt Parkplätze vor den Pavillons, es ist eine ganz normale Welt. Wenn man zu Fuss geht, wird man angebettelt oder sonstwie belästigt, es gibt auch Patienten, die einen sehen, einen an der Hand nehmen, ein Vaterunser unbedingt mit dir beten wollen, dann bitten sie um Geld. Also, du musst – wie in New York – immer ein paar Münzen parat haben. Abwenden, so tun, als wäre nichts, strengt nämlich auch an. Man geht vorbei, Gott sei Dank, dem bin ich entronnen. Aber es ist das ein gewisser Stress, den man umgehen kann damit, dass man halt einfach was gibt, dann ist das Herz erleichtert beiderseits.

Freude machen! Freude hineintragen zu den Unglücklichen. Die roten Clowns, die Clown-Nasen, die roten, glänzenden, im Kinderspital, für die Kinder, die Clowns auch zu uns, obwohl, es ist ja schon auch lustig manchmal. Zum Beispiel ein Prolo. Frisch angekommen. Stellt sich hin. Wartet. Ein Mann spricht zu ihm, er solle sich gedulden. Dann ruft der Prolo, mit einer Handbewegung und einer Stimme, beides im ganzen Saal sichtbar und hörbar: „Waaaaaas? Deeer Oaaasch hat Mediziiiin studieeeert!!!??"

Stille. Der Prolo hat gerufen, die Anwesenden haben es vernommen, es ist wieder einmal Entspannung eingetreten. Nur, was wird folgen? Zwei weißgekleidete Pfleger, die sofort heraushuschen aus ihrem Büro, in dem sie sich verbarrikadieren, zu dem Mann hin, Arme auf den Rücken drehen, zum Gitterbett, Spritze in den „Oaaaaasch".

Freunde besuchen mich nicht. Auch nicht mein Theaterverleger. Besuchen tut mich die Klassenlehrerin meines Sohnes. Sie nimmt sich um mich an, spricht mit einem der Ärzte, wartet sehr lange und geduldig, bringt dem Arzt meinen Wunsch vor. Ich möchte nämlich schon seit Jahren in ein Heim, und ob es so eine Möglichkeit gibt: psychische kranke Frau, von Gesunden missverstanden, berufsunfähig, wünscht sich Aufenthalt in einer Umgebung mit geschultem Personal, möchte dort versuchen, in geschütztem Rahmen, ihren Beruf so ganz allmählich wieder auszuüben. Zu jung, heißt es. Viel zu jung. In Heimen sind nur Alte. (Im AKH Jahre später erfahre ich: Es gibt Heime, in denen psychisch Kranke leben dürfen, aber unter dreißig muss man sein.) (Spezial-Pavillon auf der Baumgartner Höhe für Borderliner: nur für Junge. Ich durfte mich bei rund zehn Aufenthalten im Pavillon 10 von Ebene 2 auf Ebene 4 verlegen lassen, für den Spezialpavillon und die gezielte, spezielle Behandlung meiner Leiden bin ich nicht mehr jung genug.) (Für ein Altersheim zu jung, für ein Pensionistenheim zu jung und finanziell zu schlecht gestellt.)

Es besucht mich kein Freund, außer einem Kursteilnehmer, ich ging eine Zeit lang in einen Kurs, als halbstationäre Patientin im Pavillon 10, und der möchte mich aber doch eigentlich – na ja, ich weiß nicht, er zeigt irgendwie einen etwas geilen Blick.

Es besuchen mich die Freunde nicht, weil ich erstens Freunde nicht verständigt habe von dem Ort, an dem ich bin, weil sie zweitens, seit ich kein Geld mehr habe, nicht mehr meine stolzen Freunde sind, es haben mir nur wenige Menschen „von früher" mit Geld ausgeholfen, es besuchen mich auch keine Verwandten, ich möchte das gar nicht,

ich
bin
sowieso
unnütz.

Einmal lustwandelt eine Reporterin durch den Saal. Sie trägt ein Tonbandgerät am Bauch, großes „Mikro" in der Hand, ungefähr 25 Jahre alt, schlank, groß, sie sei vom ORF, sie mache eine Radiosendung, ob sie mich interviewen dürfe.

Ich lehne ab, denn erstens möchte ich meine Ruhe haben, zweitens weiß ich nicht, wie man eine Radiosendung machen kann, vielleicht dreißig Minuten über *hier*. Ich bin nicht dreißig Minuten hier, sondern schon mehrere Monate.

Die Frau Primaria eilt herbei, im bezaubernden *Chanel*-Kostüm, sehr freundlich, und sagt: „Hoffentlich stört es Sie nicht, dass diese Reporterin hier ist, wissen Sie, wir sind ja so froh, dass sich der ORF für uns interessiert, einfach so, einfach einmal darstellen, wie es ist. Wir brauchen das! Und nicht, weil ein Skandal ist." „Es stört mich nicht, ich habe ihr nur gesagt, dass ich kein Interview gebe."

Freunde besuchen mich nicht, selbstverständlich, weil ich ja seit dem Jahr 1994 ohnehin keine Freunde habe. Kollegen kommen selbstverständlich auch nicht. Wie sollten sie wissen, dass ich in Not bin? Im Saal steht der Fernsehapparat, es sind Nachrichten. Auf dem Bildschirm weiße Buchstaben: *Franz Innerhofer tot.*

Der Schriftsteller Franz Innerhofer hat in seiner Wohnung in Graz Selbstmord begangen durch Erhängen. Zuletzt sei er bei den Obdachlosen am Bahnhof in Gasthäusern gesessen.

Er hat es hinter sich, denke ich. Innerhofer, ich und wer noch. Wir sind ein Kulturstaat. Genossen *Peter Turrini* und *Michael Scharang* lesen bald darauf aus dem Werk Innerhofers vor, ich kaufe mir ja täglich „Die Presse", wenn ich aus dem Bus gestiegen bin und durchs Tor gehe zur kleinen Trafik hin. Dass ich „Die Presse" lese, hat einige Mitpatienten schon empört, sozusagen, als würde ich mit der Zeitung vorm Gesicht provozieren wollen. Hier liest man „Augustin", „Falter". Ich kaufe aber auch „profil", „Spiegel", und dann freut sich jemand und borgt die Zeitschrift aus, und sie streiten sich fast darum, wer das „profil" lesen darf, „würden Sie, bitte, so nett sein und mir später … aber, bitte, erst später … wenn Sie ihn gelesen haben … den „Spiegel" borgen?"

Da hat einer wochenlang nichts geredet, der ist ein Doktor juris. Da steht ein entsprungener Mönch, der im Privatleben nicht glücklich geworden ist, den interessiert auch „Der Spiegel". Da ist ein Universitätsprofessor, ein freiwillig Gekommener, der spricht mehrere Sprachen und hat Humor. Es gibt natürlich auch eine Bibliothek. Mit Büchern aus der Zeit, in der die Pavillons gebaut wurden. Die Bücher waren, das sieht man ihren alten Packpapiereinbänden mit den Nummern an, lange Jahrzehnte in Gymnasien oder in einer öffentlichen, nun erneuerten Bibliothek. Wer ein Buch bringt, um es dann der Bibliothek einzugliedern, Camus etwa, Jandl, Sartre, der findet das Buch schon nach zehn Minuten nicht mehr. Patienten nehmen es mit bei der Entlassung oder hinterlassen das Exemplar mit nur noch halber Seitenanzahl.

Ich schleppte *Literatur* eine Zeit lang regelmäßig im Einkaufswagerl mit, wenn ich um acht Uhr Früh zur halbstationären Therapie fuhr, und die *Literatur* verschwindet von Tag zu Tag aus den Regalen, es gibt unter den Leidenden radikale Fans, die wollen sich dann von dem, was ihnen in der Psychiatrie beim Lesen geholfen hat, nicht mehr trennen.

Annoncieren tue ich auch. Sammle Spenden für karitative Tätigkeit. Es kommt ein bisschen Geld, vor allem von wohlhabenden Bekannten, die ich persönlich anschreibe. Wir kaufen Schreibmaterial, Bücher, Ansichtskarten, Briefpapier, Kugelschreiber, Zeitschriften, Zeitungen, Rätselhefte, Zigaretten, und einige Bekannte spenden ihre abgelegte Kleidung, es ist eine Wonne, wie wir einige Tage lang oder fast Wochen eine ziemlich gute Zeit haben im Pavillon, Ebene 2, es herrscht ein freundlicher Ton, die Frau Primaria gesellt sich zu uns, als wir reimen. Nimm *Truxal*, du schläfst normal. Nimm *Tolvon*, das braucht dein Sohn. Schlucke Pillen, das gibt Willen. Mit *Trittico* das Herz wird froh. Dank *Somnubene* zwei Mal gähne. Ein chronischer Patient, schon mit vierzehn zum ersten Mal in der Psychiatrie („Der Gross hat mich zwei Wochen ins Gitterbett gesperrt, mich niedergespritzt und mich für grenzdebil erklärt!") erzählt russische Romane. Gogols *Mantel*.

Ein verhinderter Dichter wird eingeliefert. Geschäftsmann, relativ erfolgreich. Seine Frau nicht gut zu ihm, er schnitt sich die Adern auf, wird hereingeführt, verbundene Unterarme. Er setzt sich zu uns, wir spielen „Stadt Land", er schreibt jeden Tag einen sehr langen Brief und dichtet. Er möchte gar nicht mehr heim.

Es geht uns so gut ein paar Tage im November, wir halten Kontakt auch über die Zeit hinaus, telefonische Kundgebungen, dass wir zusammenhalten werden, dass wir ein eingeschworenes Team sind, Psychiatrie verbessern *wir*, die Patienten, untereinander, wenn's die von oben nicht tun. Es hat sich eine große gegenseitige Hilfsbereitschaft auf der Ebene 2 ausgebreitet. Aber heraußen erkennen wir nach und nach, dass wir ohne Geld nichts tun können, es muss gleich jeder wieder seinem Sozialgeld, Arbeitslosengeld etc. nachjagen und ist doch noch gar nicht geheilt. Es sind Betten gebraucht worden, nun, nach Krisen, sehen wir einander wieder im Pavillon, wenn wir so nach und nach alle wieder eintreffen, da lebt vielleicht der eine oder der andere nicht mehr, aber die meisten sind noch munter. *Dominal*, und du schläfst normal. *Psychopax* und Valium für den, der eintritt und schreit, er wird uns alle umbringen, besonders mich, er starrt mich an, ich erschieße dich! ruft er. Ich gehe zum Arzt, Herr Doktor, er will mich erschießen. Arzt: „Nein, es kann nichts passieren, er hat nichts in der Tasche, wir haben eh nachgeschaut."

Aber zu Weihnachten dann, der Pavillon überfüllt, wir, die wir lieber dort wären, verbringen Weihnachten außerhalb. Auch wünschen nicht alle Familien, Angehörige von psychisch Kranken, dass ihre Mitglieder sich „heraußen" mit „Kollegen" von „drinnen" treffen. Sondern jeder soll möglichst schnell wieder funktionieren im Beruf.

Eine ist gestorben, sie war ungefähr 38 Jahre alt, sie ging im Jänner 2004 in den Wald, starb in der Kälte an einer freiwillig eingenommenen Überdosis. Manisch-depressiv. Bei ihrem letzten Aufenthalt hatte sie das Gesicht voll Klebstoff, der wie Mörtel aussah. Sie hatte sich in der Manie in einen Behälter mit einer chemischen Substanz geworfen, das Zeug klebte eingetrocknet auf ihrem Gesicht, immer noch, als ich sie nach einigen Tagen besuchte „oben", wie wir die Baumgartner Höhe nennen. Kein Pfleger, keine Krankenschwester, kein Arzt hatte sich die Mühe gemacht, ihr das Zeug aus dem Gesicht zu entfernen. Als ich es sah, erschlaffte ich. Ich war so entsetzt und so müde plötzlich, ich hatte nicht mehr die Kraft, das Personal zu bitten, ob es mir helfen würde, die Haut zu reinigen. Ich ging wütend nachhause, wütend über mich selbst, über die Patientin, die mich plötzlich sehr belastete. Patienten können einander zur Belastung werden, da das Personal ja lernen musste, sich vor den Patienten zu schützen.

Ich schützte mich ab dann vor dieser Patientin und erfuhr einige Monate später, dass sie, so wie immer, ihre ihr verschriebenen

Medikamente aus der Apotheke geholt hatte, auch ihre Arbeit wieder aufgenommen, und dass sie eines Abends in die Kälte ging und alles, frisch aus der Apotheke, schluckte.

Ihr Freund, der beruflich damals im Ausland zu tun hatte, hatte mich gebeten, mich eine Woche lang um sie zu kümmern. Das tat ich nur an zwei Tagen innerhalb jener Woche, weil ich mich fragte, was für ein Freund das sein kann, der trotz schwerer Bedürftigkeit seiner Freundin (Lebensgefährtin) ins Ausland reist.

Ein Mitpatient einmal zu mir: „Bitte, Frau Schwaiger, mir geht es hier so schlecht, ich sollte ja gar nicht hier sein, ich habe Muskelschmerzen, ich halte es hier nicht aus, und meine Frau will ausgerechnet jetzt auf Urlaub fahren. Bitte, rufen Sie meine Frau an und sagen Sie ihr, sie soll nicht auf Urlaub fahren." „Ja, ich weiß", antwortet die Frau am Telefon. „Aber ich fahre auf Urlaub."

Ein sehr, sehr lästig gewesener Patient, der sich „so aufgeführt" hatte, „dass vier Männer ihn gehalten haben", lag eines Tages tot im Bett, acht Uhr Früh, 1. Jänner 2003. Ich dachte: den haben sie umgebracht. Kann Zufall gewesen sein. Er war etwas über fünfzig, blaue Augen, korpulent, stolz darauf, dem Helmut Qualtinger ähnlich zu sehen. Siebenundzwanzig Jahre in der „Geschlossenen" in Gugging. Nun ambulant behandelt, hin und wieder stationär. Er servierte, als es noch Mineralwasser gab, den Mitpatientinnen Mineralwasser, mir stellte er einmal einen Krug hin, den er irgendwo „organisiert" hatte, „Frau Magister, Ihr Mineralwasser! Darf ich später, bitte, Ihre Zeitung haben?"

Wenn ihm fad war, lehnte er sich mit ausgestrecktem Finger an die Alarmglockenschaltung im Saal. Es schrillte gotterbärmlich laut. Der Pfleger sagte jedes Mal, aus seinem Zimmer kommend, bitte lassen Sie das. Wenn der Patient nicht aufhörte, wurde er abgeführt. 1. Jänner 2003, das Datum weiß ich noch. Dass so ein Jahr beginnt, dachte ich.

Polizeirecherchen gab es dann im Pavillon. Es hatte mehrere plötzliche Todesfälle gegeben. Ein großer Teil des Personals ließ sich damals beurlauben. Angeblich starben alle eines natürlichen Todes.

Stimmenhören. Das erste Mal bin ich erschrocken. Es war im Jahr 1997. Wer hat Einblick in meine Gedanken, Zugang zu meinem Kopf, dachte ich. Wann kommt die Stimme wieder? Ist das der Teufel, der in mich hineinschaut, der meine Gedanken kennt, meine Wünsche? Ich fühlte mich durchschaut, verfolgt, belästigt, ich wusste nicht, wann die Stimme sich wieder melden würde. Und was sie noch alles zu mir sagen würde. Sodass ich von jetzt an wusste: Ich bin nicht allein. Aber ich meinte: Ich bin nicht mehr allein im guten Sinn, es gibt jemanden, der verschafft sich Zugang zu meinem Inneren, es gibt kein Geheimnis mehr, kein Geheimnis in der Person, es musste der Widersacher sein, der sich in mein Leben einmischte. Das Lied „Gedanken sind frei“ galt nicht mehr. Es erging mir wie mit dem Spruch, die Vergangenheit sei ein Paradies, aus dem man nicht vertrieben werden könne. Das mochte gelten für die vielen, die Glücklichen. Es galt nicht für mich. Ich hatte einmal sehr schöne Erinnerungen gehabt, und ein Mensch hatte sie mir zerstört. Immer wieder legte er alles, was ich ihm über eine glückliche Zeit meines Lebens erzählte, anders aus. Er deutete meine Erlebnisse in ganz anderer Weise, mit einem Wort, nach einem halben Jahr Gespräch über die glückliche Zeit erschien sie mir monströs und waren alle meine eigenen Gedanken verdunkelt. Das heißt, mit anderen Worten, dass ein Mensch mich verwirrt hat.

Die Erinnerung mag ein Paradies sein, aber man kann aus ihm vertrieben werden. Nehmen wir an, eine Frau blickt zurück auf dreißig Jahre glückliche Ehe. Sie erfährt, dass ihr Mann alle die dreißig Jahre eine zweite Frau hatte.

Dass Gedanken frei sind, niemand sie erraten kann, kein Mensch sie wissen und kein Kerker sie einschließen kann, „es bleibet dabei, die Gedanken sind frei!“ ist ein hübsches, ermutigendes Lied, doch wer jemals Stimmen hörte, achtet auf seine Gedanken und achtet auf die Stimme, die dazu – zu den Gedanken – spricht, hat einen Kommentator oder sogar mehrere, und man weiß ja noch, wie geteilt die Meinungen waren in den Sechzigerjahren, als das Fernsehen Schwarzweißfilme brachte aus der Stummfilmzeit, mit Stan Laurel und Oliver Hardy respektive „Dick und Doof“. Oder mit Buster Keaton. Das Fernsehen hatte beschlossen, alte Filme regelmäßig vorzuführen, doch mit Kommentaren eben. So konnte, wer sich in Ruhe den Stummfilm anschauen wollte, sich nur halb erfreuen, wenn immer wieder der Sprecher die Situationen deutete auf seine Art. Es gab damals viele, die sagten, die alten Filme seien wunderbar witzig, aber der verkrampfte Kommentar verleide einem das Zuschauen. So drehte man eben den Ton ab.

Das kann man beim Stimmenhören nicht oder nur mit entsprechenden Medikamenten. Eine Stimme überfällt einen, es können mehrere sein, es können ganz verschiedene Stimmen sein, jeden Tag sozusagen eine andere, und sie erschrecken immer wieder. Man ist nicht gefasst, man schläft, man erwacht, plötzlich hört man eine Stimme. Man meint, es stehe jemand neben dem Bett, rechts oder links, je nachdem, von wo man sie hört. Man kann eine Stimme ganz innen im Kopf wahrnehmen, gruselig und schockierend genug: wie hat sich *Der fremde Mann* eingeschlichen, *der da in mir redet.*

Man kann sie im Hals haben, auch im Halbschlaf, da zum Beispiel will etwas heraus zwischen den Stimmbändern, es ist, als stoße man oder jemand in einem einen *Grunzlaut* aus, und wenn ich nicht an mich halte, wird dieser *Grunzlaut* aus mir *herauskommen*, die Stimmbänder verbiegen sich schon, mühsam halte ich diesen Dämon, wie ich die Stimme nenne, zurück. Da sitzt jemand in mir, oder mehrere, die haben sich eingeschlichen. Die Stimme außen, viele Meter hinter mir, wenn ich auf der Straße gehe, ruft sie mir etwas zu. „Tu das nicht!!" höre ich, sehr laut.

Ich bin auf dem Weg zum Postamt. Soll ich das nicht tun, weitergehen, diesen Brief nicht aufgeben? Soll ich auf die Stimme hören, ich bin doch nicht verrückt, ich höre nicht auf fremde Stimmen, doch nur auf meine eigene.

Die innere Stimme sozusagen verlieren und mehrere Stimmen in sich haben. Ein ganzes Konzert war es einmal, so wie ich in Träumen manchmal von einem Abgrund in den anderen falle, Abgründe, Abgründe, Menschen, Larven, Fratzen, ich möchte im Klassifizieren meiner unschilderbaren (ich müsste ein Hieronymus Bosch sein, ein Alfred Kubin zumindest) – ich möchte überhaupt nicht darüber reden. Und nicht nur, wie ich zu sagen vorhatte, nicht zu weit gehen.

Gedanken werden kontrolliert, das ist das erste Aha-Erlebnis eines Stimmenhörers. Meine Gedanken sind nicht mehr frei, aus meinem Paradies (Jugend) wurde ich vertrieben, ein Mensch hat mich irre gemacht an meinen Erinnerungen, nur redet mir jemand in meine Gedanken hinein, ich sehe ihn nicht, er ist unsichtbar, also muss es ein Geist sein, ich habe noch die leise Hoffnung, die Stimme könnte nur zufällig so laut und von einem Menschen in der Nähe gewesen sein. Ich stieg in die U-Bahn, kümmerte mich dort um eine blinde Frau, führte sie ein Stück, nahm es als Zeichen des Himmels: Sie sieht nicht, und trotzdem lächelt sie. Du kannst sehen und bist immer so unzufrieden. „Jetzt jagen wir dich mit Stimmen in deinem Kopf!" Ich nahm an, dass es mehrere Personen (verstorbene) oder Geister (der Teufel und seine Crew?) waren, dass es eine *Verschwörung* gegen mich gab, nun ja, und da sind wir schon bei der Paranoia.

Es war 1997, ich ging mit diesem Problem nicht zu einem Psychiater. Meine Angst war, dass ich in dem Moment, in dem ich sage (zugebe, wie ein Delikt, wieder einmal, eine psychische Störung), dass ich Stimmen höre, in eine Zwangsjacke gesteckt werde, abgeführt in ein Spital „und nie wieder im Leben heraus". Stimmenhörer können ja gefährlich werden. Bei grässlichen Verbrechen sagte manchmal der Täter, er habe eine Stimme gehört, die ihm die Tat befohlen habe.

Aufforderungen, Beschimpfungen, Warnungen, Spott, hässliche Ausdrücke: Es ist wie beim Stummfilm mit Kommentar, bei dem man den Film nicht mit eigenen Augen anschauen darf, man erlebt etwas, nämlich, und man kann es nicht mehr wirklich erleben, weil die Stimme sich wichtig macht, sie ist meist laut, man zuckt zusammen, man fürchtet sich, sie ist meist so deutlich und nah, dass man davon überzeugt ist, dass ein echter Mensch zu einem spricht, nur ist man allein in einem Zimmer, allein in einem Bett, und da hilft also, wenn's hilft, ein Antipsychotikum. Man nennt das Stimmenhören Wahrnehmungsstörung. Wenn man etwas sieht, was nicht da ist, nur für einen selbst, aber für die anderen nicht, nennt man es Halluzination. Es gibt auch das eingebildete Erlebnis des Berührtwerdens, es gibt eingebildete Gerüche, eingebildete Gegenstände, die man mit der Hand spürt, kurz, die Welt kann zum Traum werden, das Wachsein ist süßer Traum oder Alptraum ohne Schlaf. Hier wäre auch schon, glaube ich, der Begriff „Schizophrenie" angebracht. Soweit ich zurückdenken kann in den dreißig Jahren psychiatrischer Behandlung, die ich hinter mir habe, gab es oft das Wort „schizoid", auch „neurotisch", doch eine „echte Schizophrenie" sehe anders aus, belehrte man mich. Wenn Sie eine Schizophrenie haben, dann bin ich der Jean Paul Belmondo", formulierte es einmal ein Arzt.

Im Jahr 1995 zeigte ich zum ersten Mal einer psychiatrischen Krankenschwester meine mir selbst zugefügten Hautverletzungen. Sie hätte das Wort „Borderline-Syndrom" aussprechen müssen, dann wäre ich nicht noch jahrelang wegen endogener Depression behandelt worden. Ein Borderliner kann depressiv sein, kann entsprechende Medikamente schlucken, doch erfordert das Borderline-Syndrom, die Borderline-Persönlichkeitsstörung eine Spezialbehandlung.

Fünfzig Jahre lang Borderlinerin gewesen, erst vor wenigen Jahren als eine solche erkannt, und eine echte Schizophrene wäre ich vielleicht gewesen, hätte ich im Jahr 1997 auf die Stimme reagiert, also mich in meinen Handlungen künftig nach ihr gerichtet. Es kam aber zu keinem Ausbruch, keiner – sagen wir – auf die gehörte Botschaft folgenden Selbstverwirklichung, sondern ich wurde ängstlich. Jahrelang schleppte ich das Geheimnis, die drückende Last mit mir herum, dass ich „nicht normal" war.

Als eine Stimme eines Tages aggressiv, boshaft und höhnisch klang, fühlte ich mich dem Wahnsinn ausgeliefert und wollte lieber tot sein als mich jemandem anvertrauen. Mein Gefühl war, über so etwas durfte man nicht sprechen. So wie es Schwiegermütterwitze gibt, gibt es ja auch unzählige Arzt-Patientenwitze. Beim Psychiater auf der Couch liegt einer, der sagt … Zum Psychiater kommt einer, der …

Man sagt ja auch „beim Psychiater landen", „beim Psychiater enden", es klingt nach unentrinnbarem Schicksal, und dann ist man auch „gesellschaftlich erledigt", wie es so schön heißt, „man ist stigmatisiert", ein psychisch Kranker wird oft von seiner Familie gemieden, vielleicht, weil er sehr unangenehm ist, es gibt unangenehme Patienten, unangenehme Menschen in jedem Land, in jedem Beruf, in jeder Stadt. Aber er kann auch ein netter und anständiger Mensch sein, nur ist er bestimmten Personen, meist in der Verwandtschaft, unangenehm. Er kann objektiv im Recht sein, doch die Verwandtschaft hält gegen ihn und sein Recht zusammen, treibt ihn vielleicht sogar in den Wahnsinn. In der „Psychiatrie" dann, so, wie sie heute leider noch ist, traut zuerst kein Patient dem anderen. Jeder, der – freiwillig oder unfreiwillig – aufgenommen wurde, hält für möglich, dass er von Irren umgeben ist. Sozusagen er selbst der einzig normale Mensch, die anderen alle verrückt. Man kommt nicht ins Gespräch zuerst, man stellt sich gemeinsam mit Fremden ums Essen an, man isst mit ihnen, man benützt dasselbe Badezimmer wie sie, man schläft in einem Zweibett- oder Dreibett- oder Vierbettzimmer, man sieht Ungekämmte, Menschen im Pyjama, man erlebt Ausbrüche mit, „Ihr kennts mi olle am Oasch leckn!", „Ihr seids lauter Gsindel!", „i wü ham!", und dann kommt es manchmal auch zu Handgreiflichkeiten. Das ist mein Handtuch, das sind meine Schlapfn, des is mei Löffl, i war vorher da (beim Essen das Gedränge oft, weil man ja auch schauen lernt: wie viel ist von dieser Speise noch da, wenn der vor mir den panierten Fisch kriegt, gibt es für mich nur noch das Rindfleisch …)

Da stehen Höfliche und Derbe beisammen, jeder mit dem Teller in der Hand, mit dem Besteck, da wirft einer sein Besteck zu Boden, und ein anderer („der no so teppert is, der glaubt, des muass ma aufhebn") holt es vom Boden wieder herauf, da verschüttet einer seine Suppe und fast dir aufs Kleid, da musst du lernen, im Speisesaal, dass es Menschen mit guten Manieren gibt und solche, die schlechte haben, dass es zurückhaltende Mitpatienten gibt und dreiste, die sich um nichts kümmern bzw. scheren, und so die verschiedenen Krankheiten, verschiedenes Geschlecht (was unangenehm ist immer wieder, halbnackte Männer, halbnackte Frauen), da ist einer Beamter in höherer Position, der andere ein so genannter Sandler. Sie sitzen miteinander am Tisch, Solschenizyn hat solche Konflikte in seinen Werken immer wieder geschildert, wenn im Gulag oder sonst einer Institution Gesellschaftsschichten aufeinander prallten. Der sanfte Intellektuelle ist meistens der Verlierer, der „Ihr könnts mi alle am Oasch lecken" meist der Herr der Lage und Herrscher über die Situation. Die einen drücken beim Essen die Oberarme an den Körper, die anderen schmatzen dir ins Gesicht, und die einen ziehen sich zurück, die anderen treten breitbeinig vor und drohen mit Schlägen oder sogar Mord. Das ist Otto Wagner Spital, Pavillon 10, Alltag.

Sitzt jetzt einer und hört Stimmen, da hört er dann nicht nur pathologisch, sondern er hört vieles, was real ist und er lieber nicht hören würde. Da hat man Kampf in sich wegen der eigenen Halluzinationen und dann sieht man vieles, was man lieber nicht sehen möchte, was real ist und objektive Wirklichkeit. Ein Maniker zündet den Abfallkübel an. Er wird ins Bett gesperrt. Dann, er muss ja irgendwann auch einmal heraus, zur Toilette, zum Essen, nimmt er den Abfallkübel, trägt ihn durch den Raum, hält nur noch den Sack in der Hand, der Kübel fällt hinunter, kippt um, macht Lärm, es riecht unangenehm von der Flüssigkeit, die drin war, am Boden, der Patient zieht den Sack über den Fussboden bis zum Balkon (des Speisezimmers), dort wirft er ihn über die Brüstung (Glück hat, wer nicht gerade unten vorbeigeht) und das kann recht ungustiös werden, außer dass man sich zu fürchten beginnt, wir zum Beispiel, eine pensionierte Verkäuferin, die an Panikattacken leidet, eine Geschäftsfrau, die gekommen ist, weil ihr Lebensgefährte sie quälte und „psychisch fertig" machte, ein Patient, der Angst hat, vergiftet zu werden, einer, der jeden Tag überlegt, ob er sich aus dem Fenster daheim stürzen soll (und es dann tut und nicht überlebt, das Leben geht weiter, es wurde keine Gedenkminute für ihn gehalten, als sein Name von der Wand genommen worden war – und da wird also mehr oder weniger randaliert, und es sitzen die Damen und die Proletenweiber, pardon, die sind übrigens eh immer so stolz darauf, dass sie proletarisch sind, während die Damen, glaube ich, manchmal ihre gute Erziehung bedauern. Vieles erlaubt der Mensch sich selbst, so manches erlaubt so mancher sich nicht, da wird endlich ein Patient eingeliefert, der studiert hat, und da freut sich ein Tätowierter, dass ein Tattoo wie er selbst eingeliefert wird oder sich selbst einliefert, zum Beispiel, Sandler, kann nicht mehr saufen, geht ihm schon so schlecht, hat kein Geld mehr, Alkohol vertragt er auch keinen mehr, also Sonntagsspaziergang auf die Baumgartner Höhe und dort, weil ihm fad ist, Patienten sekkieren. Oder es kommen gar am Samstag, Sonntag die netten Leute, die „Patienten besuchen" kommen: Sie setzen sich in den Pavillon, besuchen niemanden im Besonderen, wollen „den Patienten Gesellschaft leisten", das sind wildfremde Menschen („ohne Vorurteile!"). Oder sie gehen im Park des Steinhof spazieren und dann ist ihnen fad oder es geht ihnen zu gut und sie schauen eben zu den Kranken hinein, die können oft neugierig und irgendwie sogar befriedigt herumschauen, kein Pfleger verjagt sie.

Das ist so wie „Gemma Mörder schaun ins Graue Haus!" unterm Deckmantel demokratischer Justiz, gemma Narrn schaun in Pavillon, sagen wir, etwas Böses getan haben, kann der Patient sich mit Grund beschweren, dann wird vielleicht ein solches Pärchen hinausgewiesen. Das ist ja Kino live und Theater live bzw. Happening, was von acht Uhr Früh bis zehn Uhr Abend vor sich geht in der „Irrenanstalt", da kann man ja auch a Hetz' haben insgeheim.

Offene Psychiatrie, offener für die, die hineingehen als für die, die drinnen sind. Die, die drinnen sind, auf der Akutstation, wie immer wieder betont wird, „der Pavillon 10, Ebene 2 ist eine Akutstation", „kein Sanatorium", ja, da gibt es also die Akuteinweisungen, grob zu trennen in solche, die anderen etwas antaten und solche, die im Begriff waren, sich selbst etwas anzutun. Die sind beide Notfall auf derselben Akutstation. Da wird dann einer „angehalten", wie es heißt, also: mehr oder weniger inhaftiert, weil er seinem Onkel oder seinem Vater gefährlich wurde, und solche, die werden „angehalten", damit sie sich nicht selbst verletzen oder umbringen. Sitzt dann eine Frau, die sich einbildet, ihre Nachbarn wollen sie vergiften, neben der, deren Nerven der Lebensgefährte ruiniert hat, und offen ist die offene Psychiatrie für Menschen, die schauen gehen, auf Besuch kommen halt, sich zu den Patienten setzen und lächeln, weil ja Besuchszeit ist von 15 Uhr bis 19 Uhr. Mancher kommt schon um 12 Uhr Mittag, und es wirft ihn niemand hinaus, weil ja jeder Patient, sollte er sich mit einer Beschwerde an einen Pfleger wenden, grundsätzlich eine lästige Person ist, die vielleicht einen Verfolgungswahn hat. Ich war Zeugin bei Besuchen eines Mannes, der einige Jahre später gerichtlich verurteilt wurde, weil er Patientinnen sexuell missbrauchte. Ich habe mich oft verdrückt, an Wochenenden, wenn die Tür aufging und sich Neugierige hersetzten zu uns, ich versteckte mich hinter meiner Zeitung oder ging ins Zimmer, es wurde einfach ungemütlich. Da heißt es „Datenschutz", also telefonisch werden keine Auskünfte gegeben über Patienten. Aber die Tür ist offen.

Es wurde auch schon eine japanische Reisegruppe einmal durch unsere (ich sage „unsere", denn sie gehören uns, den Patienten) Ergotherapieräume geführt. Die durften sogar fotografieren. Jedenfalls waren da zwanzig Asiaten und Asiatinnen, die hörten mit viel Interesse, was man ihnen über die Baumgartner Höhe erzählte und schauten uns auch sehr interessiert und genau an. Es gibt ja in der Psychiatrie den Denksport, wer ist Patient, wer ist vom Personal. Und, wenn man länger dort ist: wer spinnt mehr, die Krankenschwester oder ich.

Frau Dr. W., der ich meine Gedanken schildern durfte, meinte, die Baumgartner Höhe sollte renoviert werden, Luxuswohnungen dort errichtet und verkauft werden, und vom Ertrag baut man eine ganz moderne Psychiatrie-Stadt. Mit nicht einer Akutstation für mehrere Bezirke und *allem was es gibt,* Täter, Opfer, Drohende und Bedrohte, Angstkranke, Randalierer, sondern Ärzte schon am Portal, die zuordnen. Zur Zeit ist es, als würde alles, Störende wie Verstörte, Säufer, Schläger, Selbstverletzer und Gemeingefährliche, Selbstmörder und Totschläger abgeladen, hineingeworfen einfach in den Pavillon, und dann stelle man sich vor, wer da mit wem im selben Zimmer liegt. Der, der vor Depressionen kaum aus dem Bett kann oder nicht mit fremder Hilfe, und der, der ihn gleich abmurksen will.

Von psychischer Krankheit können alle sozialen Schichten befallen werden, darum saßen wir auch beisammen, der Briefträger, der Universitätsprofessor, die Designerin, die Schriftstellerin, die Prostituierte, es war ja oft gar nicht uninteressant. Und wenn du prominent bist, merkst du schon an den Mienen der Besucher, Eltern, Geschwister, sonstigen Verwandten einer Patientin zum Beispiel, dass die ein Handy hat (die Handyplage ist im Otto Wagner Spital sehr groß) und informiert hat, „Stell dir vor, wer auch da ist".

Wo man Dünkel ablegt, wo man durch eine harte Schule geht, wo man manchmal alle Hoffnung fahren lässt, der Weg in die Psychiatrie kann von Schmerzen gepflastert sein, und es werden dir neue zugefügt, und so manche sensible Seele erleidet einen Zusammenbruch, begeht dann draußen Selbstmord, weil sie nicht wieder hineinwill. Viele wollen aber auch wieder hinein, weil das Leben drinnen leichter ist, einfacher, weil wir schon wie eine große, informelle *Familie* sind. Da ist wieder der Herbert, ja servus, wie geht's dir denn, da ist wieder die Gerti, ja, grüß dich, Gerti, das freut mich aber, dass du wieder da bist, und da ist wieder die Maria, und der Walter ist auch wieder da, man kennt schon die respektiven Gewohnheiten und Bedürfnisse, wir sind kein soziales Aggregat mehr, wir sind beinahe schon eine Gruppe. Die (…) freut sich, dass sie einer Schriftstellerin alles erzählen kann, und mich freut es, dass sie zu mir so viel Vertrauen hat. Sie wünscht sich ein Buch, mit Namensgebung, bitte, und ihr ganzes Schicksal. Ein dickes Buch wünscht sie sich, mit ihrer ganzen Geschichte, damit jeder Mensch sie weiß.

Das Personal hat ja zum Zuhören wenig Zeit, und wenn einmal ein Priester da ist, dann ist er der Mönch, der, seit er das Zölibat nicht mehr lebt, Probleme hat und keinen Beichtvater findet, der ihn lossprechen würde: Schuldwahn, Depressionen. Ein Priester im Pavillon, für die Patienten, ein Rabbi, ein muslimischer Seelsorger: das geht nur bürokratisch, man muss telefonieren, man muss sich einen Termin ausmachen, man muss auf den Termin warten, es ist genau wie draußen, in der Nacht ist keiner da. Aber aufhängen kannst du dich auch nicht, das ist der Vorteil. Gelobt sei Jesus Christus.

Ich war Ende des Jahres 2001 so kaputt vom vielen Nachgrübeln über mein unglückliches Leben, dass ich mich, es war der 19. Jänner 2002, auf die Baumgartner Höhe einliefern ließ. Als ich im großen Saal des Pavillons ankam, wurden mir gleich ein Stuhl und eine Schale Kaffee angeboten von einer mütterlichen Bedienerin. Eine blonde Frau, die neben ihr saß, sagte, als sie mich weinen sah: „Du morgen ganz anderer Mensch! Ich vor zwei Tage gekommen und neuer Mensch bin schon!"

Ich verbrachte mehrere Nächte stationär, es wurde die Persönlichkeitsstörung diagnostiziert, da ich seit dem Jahr 1992 mir selbst zugefügte Brandwunden von einer Zigarette auf beiden Armen habe und Schnittverletzungen am linken Handgelenk seit dem Jahr 1972. Der Borderliner fühlt in sich einen seelischen Schmerz, den er durch bewusste Hautverletzung, etwa mit einem Messerschnitt, übertönen möchte. Sozusagen damit die Seele nicht so wehtut, damit man das Seelenleid zumindest vorübergehend einmal nicht spürt, schneidet oder brennt man sich selbst und erlebt den äußeren, den körperlichen Schmerz als vorübergehende Erleichterung.

Ich rückte erst bei meiner zweiten freiwilligen Einlieferung, in Panik, in einer Novembernacht 2002 damit heraus, dass ich eine lesbische Frau bin, dass ich sexuell von Frauen träume, und ich dachte, nun würde der Arzt sich mit Grausen von mir abwenden und vielleicht sagen: „Solche Patientinnen behandeln wir nicht, für solche Frauen ist für uns kein Platz." Aber der Arzt versuchte mir zu erklären, dass das nichts Besonderes sei, es lebe doch jeder nach seiner Fasson.

Ich hatte dann einige Monate lang Befreiungserlebnisse, wenn ich die Mutprobe jedem Menschen gegenüber wagte, in Therapie-Gruppensitzungen im Pavillon zum Beispiel, „Ich bin lesbisch", dann hieß es: „Na und?" Im Gefühl, „keine richtige Frau" zu sein, Selbstmord begehen wollen: Ich lebte damit jahrzehntelang, verschwieg es meinen Lesern, erwähnte es nicht in meinem ersten Roman, *Wie kommt das Salz ins Meer*. Ich wagte es nicht zu sagen, aus Angst vor Bestrafung, fühlte mich schuldig, nicht normal zu sein, fühlte mich schuldig Frauen gegenüber, schuldig und zugleich zurückgewiesen, wenn meine Annäherungsversuche mit Unfreundlichkeiten abgewiesen wurden. Das könnte das Messer in mir sein, dessen Schneide mir oft so wehtut, dass ich den Körper töten möchte, damit er nicht mehr den Schmerz fühlt. – Und jahrzehntelang Männer enttäuscht im Bett, ihnen das Gefühl gegeben, keine guten Liebhaber zu sein, weil sie mich nicht zu einem Orgasmus bringen konnten.

Nun das Problem, dass ich mit Männern angeblich stark kokettiere – es ist mir nie bewusst, es wurde mir manchmal gesagt, dass es auffalle. Schon meine Mutter sagte mir, als ich sehr klein war, oft: „Du bist kokett." Ich verstand nicht, was sie meinte, und nahm an, dass das nichts Gutes ist. Ich war halsüber verliebt in meine Mutter als dreijähriges Kind. Selig, wenn ich ihr beim gemeinsamen Baden den weißen Busen einseifen durfte.

Eine junge Frau, sehr resolut auftretend, mit Narben auf den Armen, auf den Händen, wahrscheinlich auch auf den Beinen. Sie schluckt immer wieder gewisse Gegenstände (Rasiermesser, Reißnägel und anderes), was ihr dann herausoperiert wird. Sie ist schon einmal aus einem Fenster gesprungen und hat überlebt. Ihr Vater warf sich vor einen Zug, sie sagt, sie müsse immer darüber nachdenken, er habe seine Jacke im Auto gelassen und sei bei einer Bahnhaltestelle gegen den vorbeifahrenden Zug gelaufen.

Sie raucht fast pausenlos, es rauchen fast alle psychisch Kranken eigentlich fast pausenlos, und die Gespräche drehen sich um Zigarettenmarken. Die Ärzte gehen durch den Saal, die Pfleger stellen sich manchmal in die Tür, um einen Blick in den Saal zu werfen. Es geschieht eigentlich nichts Aufregendes, Patientinnen stricken oder häkeln, rauchen, lesen, Patienten machen Kraftproben, Muskelproben, wenn sie gut aufgelegt sind, man kann sich auch, wenn man nicht halb stationär, sondern stationär ist, ins Zimmer zurückziehen.

Immer wieder ist eine Einlieferung, oft liefert sich jemand selbst ein, meist jemand mit akuten Selbstmordabsichten, der den Weg „in die Psych" wählt, oder es bringen zwei Rettungsmänner und zwei Polizisten jemanden, es verläuft meist vollkommen undramatisch, der Eingelieferte steht geduldig neben den Beamten, es heißt, der Arzt komme gleich, er werde gerufen bereits, dann werden Formulare unterschrieben, die Einlieferer verabschieden sich und verlassen den Pavillon, der oder die Eingelieferte wird in ein Arztgespräch genommen, zum Beispiel eine junge Frau, die eine Anzeige machen wollte bei der Polizei wegen Lärmbelästigung über ihrer Wohnung, wurde in der Polizeistation von einem Amtsarzt untersucht und dann auf der Baumgartner Höhe eine Weile stehengelassen im Saal mit ihrer Handtasche, dann saß sie im Netzbett und fragte mich, die ich grad vorbeiging: „Warum bin ich hier eingesperrt? Warum hat man mir meine Handtasche weggenommen?“ Ich sagte: „Die Handtasche hat man Ihnen genommen, weil man glaubt, dass Sie verwirrt sind und nicht selbst auf sie aufpassen können. Später bekommen Sie sie natürlich zurück.“

Ich weiß nicht mehr, ob sie sagte, sie habe Durst oder müsse zur Toilette, jedenfalls spielte ich eine Zeit lang Vermittlerin zwischen Netzbettinsassinnen und dem Pflegepersonal, bis ein Pfleger mich bat, solche Vermittlerdienste zu unterlassen.

Man will sich ja nützlich machen irgendwie, man möchte nicht immer sitzen, schauen, rauchen, noch eine Zigarette, noch eine, ich dachte einmal: Vielleicht macht Rauchen psychisch krank, und man weiß es nicht.

„Ich tät ja selber gern auch einmal auf die Baumgartner Höhe gehen“, sagte ein Künstler zu mir, dem ich erzählte, dass ich immer wieder Tagespatientin bin. „Aber ich hab Angst, die lassen mich dann nimmer hinaus.“ „Im Gegenteil“, sagte ich, „die entlassen einen immer viel früher, als einem lieb ist. Sie wollen die Betten frei haben, die Ärzte bemühen sich, jeden Patienten möglichst rasch dazu zu bringen, mit bestimmten Medikamenten wieder bei sich zuhause leben zu können.“

Von der um fünf Jahre älteren Halbschwester immer wieder ins Gesicht geschlagen und bedroht, wenn ich lüge – wenn ich nämlich sage, dass sie mich geschlagen hat, wird sie mich noch viel mehr schlagen. Und: „Du kommst ins Narrenhaus“, „Hast narrische Schwammerln gfressn?“, „Wenn Blödheit wehtät, tätst den ganzen Tag schreien“, „Dich sperren wir ins Gefängnis, dich holt der Gendarm, da sitzt du dann bei Wasser und Brot.“ So war ich ein noch dazu römisch-katholisch mit Höllenangst und Sündenbewusstsein sehr eingeschüchtertes Kind. „Nie lügen!“, hatte meine strenge Großmutter mir eingeschärft, und mit dem „Nie lügen!“ habe ich mir viele Probleme in meinem Leben schon bereitet, weil ich vielleicht meine Wahrheitsliebe übertreibe.

Lesbisch sein, mit 13 Jahren, ich dachte: Hier in diesem Buch steht, diese Krankheit ist unheilbar, und mein Papa, der Doktor, darf alle unheilbar Kranken umbringen, und wenn mein Vater erfährt, dass ich nicht normal bin, und dann begann die Schwärze im Gehirn.

Auf der Baumgartner Höhe umarmen Patientinnen manchmal Patientinnen, wenn eine vor seelischem Schmerz leidend zum Beispiel so wie ich einmal auf dem Fussboden auf allen vieren kriecht. Ich hatte hundert Mal, wenn ich rauchend auf einem der Stühle saß, gedacht: Jetzt lasse ich mich fallen. Und immer der Versuchung widerstanden, aufrecht sitzen geblieben, mit dem Schmerz in mir, einmal sagte ich, als Tagespatientin: „Ich habe solche Schmerzen, ich muss heimgehen, mich ins Bett legen." Es ist ein Messer in dir mit scharfer Schneide, es ist innen in dir gegen dich gerichtet, es tut weh, es ist kein richtiges Messer, es tut nur so weh, dass du rennen möchtest hinauf ins höchste Stockwerk und schnell dich hinunterfallen lassen, damit dieses Sehnen aufhört, du weißt nicht, wonach, ich weine dann: „Lieber Gott, warum bestrafst du mich so und wofür, bin ich eine Sünderin, eine Mörderin, eine Ehebrecherin?", ja, so oft mit verheirateten Männern ein (ohnehin unbefriedigendes, eher hysterisches) Verhältnis gehabt und abgetrieben, das ist Mord, und Scherz getrieben mit Worten.

Ein junger Patient ging einmal ins Badezimmer des Pavillons, kam splitternackt heraus, hielt über seinem Kopf eine Flasche, die mit flüssiger Seife gefüllt war, und schüttete sie sich im Gehen seelenruhig auf den Kopf. Eine Krankenschwester fasste ihn zart an mit einem „No, was ist denn des?" und führte ihn zurück ins Badezimmer. Mich hatte vor dem Anblick des jungen Nackten so geekelt, dass ich wieder wusste: Ich bin eine schlechte Frau. Wie ungerecht Männern gegenüber, ich komme aus meinen Schuldgefühlen nicht heraus.

Psychisch krank, von einer Sozialhilfe lebend, man fühlt sich minderwertig, „die gehören ja alle umbracht", denke ich manchmal, wenn ich die Kollegen und Kolleginnen, die Mitpatientinnen, ansehe, inklusive mich, ich bin aus einem Nazi-Elternhaus, ich hörte so viel über das „lebensunwerte Leben".

Ungefähr drei Mal im Jahr begeht auf der Baumgartner Höhe einer der Patienten Selbstmord. „Das können wir nicht verhindern", sagte ein Pfleger einmal zu mir. „Wir können die Patienten ja nicht bis ans Lebensende einsperren, wenn wir Angst haben müssen, dass sie sich umbringen." Es ist jetzt immer öfter in meinem täglichen Tag, dass ich den kürzeren Weg wählen möchte, und das wäre, mich aus einem hohen Fenster zu stürzen. Der längere Weg ist zu schreiben. Mein Arzt riet mir, bei aufkommenden Selbstmordideen gleich an ihn einen Brief zu schreiben und ihm zu schicken, „einfach alles erzählen, was Ihnen durch den Kopf geht, es darf auch kritisch sein über uns natürlich". Warum nicht einmal einer Zeitung schicken? Ich habe mich sozusagen geoutet.

Oben hört man manchmal folgenden Dialog unter Männern: „Gehts dir aa heut saudreckig?" „Ja, mir aa."

Eine Patientin, eine sehr interessant aussehende, groß gewachsene weibliche Erscheinung, ungefähr 60 Jahre alt, ist des Öfteren „oben", schläft meist mehrere Tage in einem Netzbett, dann verbringt sie ihre Zeit im Saal, hatte einmal geschlafen lange, mein Eindruck war, sie sei sehr durstig, ich wurde von einem Pfleger gerügt, weil ich bei ihrem Bett stand. Ich wagte nicht zu sagen: „Sie muss Durst haben." Man hat ja, wenn man außer Borderline auch angstkrank ist, oft Angst.

Sie wachte dann eines Tages auf und wurde nicht gleich freigelassen, so saß sie im Netzbett und sang das Lied „Mein Vater war ein Wandersmann". Sie konnte das ganze Lied auswendig, und ich hörte ihr zu, und auf einmal wollte ich Krankenpflegerin werden dürfen.

Gib den Toten ihre Würde zurück.

Lisi, Witwe eines Schriftstellers. Er starb nach jahrelanger, leidvoller Krankheit. Obwohl er mit Lisi erst kurz verheiratet war, galt sie als seine Erbin. Ob es durchgesetzt wurde oder frühere Ehefrauen dieses Schriftstellers Einspruch erhoben, weiß ich nicht, weiß nur, dass Lisi sehr begeistert war davon, mich kennenzulernen im Spital, mir erzählte, ihr Freund X, der in ihrer Jugend Gitarre spielte und mein Buch „Mein spanisches Dorf" hatte, habe ihr damals, sie sei siebzehn gewesen, das Buch gegeben. Es freue sie, mit mir im selben Zimmer zu sein.

Lisi hatte langes Haar, leuchtend braunrötlich, mit Goldschimmer, sie trug es offen oder zu einem dichten, langen Zopf kunstvoll geflochten. Ihr Freund nach dem Tod ihres Mannes besuchte sie im Spital, zufällig ein alter Bekannter von mir. Er flocht Lisi das Haar zu einem schönen Zopf. Dann besuchte die Mutter die Lisi und öffnete den Zopf, bürstete das Haar und frisierte Lisi so, wie sie, die Mutter, es wollte.

Lisis Freund sagte mir später, Lisi habe nicht mehr leben wollen, weil sie die Abhängigkeit in der Krankheit von der Mutter nicht ertragen habe und befürchtet habe, das würde nun ihr ganzes Leben so sein. Lisi schrieb mir nach ihrer und meiner Entlassung Anfang 2003 einen Brief, den ich nicht beantwortete, weil ich überfordert war, seit ich entlassen worden war ohne Heilung, und Lisi schluckte die Überdosis nur wenige Tage, bevor ich (17. Jänner) meine Überdosis schluckte, aber früh gefunden wurde von der Polizei. Meine Mutter hatte Verdacht geschöpft nach einem Telefonat. Lisis Mutter konnte Lisi nirgends finden, schickte gegen Mitternacht die Polizei in den Wald, verständigte auch den Freund, und die Uniformierten, die auszogen, nach Lisi zu suchen, hatten „eine Hetz", erzählte später Lisis Freund. Die hätten sich „abgehaut" und seien „lustig gewesen", so als ginge es nur um sie und ihren „Trip", „und dabei ist es aber um die Lisi gegangen", sagte der Freund.

Später besuchte er mich und erzählte von seiner Arbeit. Er sagte, seit längerer Zeit arbeite er wieder mit einer seiner geschiedenen Frauen zusammen. Ich dachte: hat sich Lisi vielleicht deshalb umgebracht oder begann er die Zusammenarbeit mit seiner geschiedenen Frau erst nach Lisis Tod.

Lisi schrieb Tagebücher in hübschen Notzibücherl, mit einer unlesbaren Schrift. Geheimzeichen, Geheimschnörkel, penibel, aber nicht entzifferbar. Es sah aus wie Wörter, doch die Wörter konnte kein Mensch außer ihr lesen. Sexuell missbraucht sei sie geworden als Kind, erster Suizidversuch mit achtzehn, dann hat sie studiert, sagte ihr Freund. Sie war von niemandem gewollt, hin und her gestoßen.

Die erste Einlieferung spielte sich so ab, dass eine ein wenig korpulente, recht wohlhabend wirkende Dame sich zu uns Patienten setzte, mir, nachdem wir uns einander vorgestellt hatten, erzählte, sie habe ihre Nichte eingeliefert. Und ob ich mich um sie ein wenig annehmen wolle. Sie gab mir ihre Visitenkarte, sie war Künstlerin, lebte in Deutschland. Ich versprach, mich um diese Nichte anzunehmen, sobald sie aus dem Tiefschlaf erwacht sei. Da erschien Lisis Freund, dieser alte Bekannte von mir, tadellos gekleidet, denn er besuchte Lisi kurz, um dann um drei Uhr beim Begräbnis ihres verstorbenen Mannes zu sein, mit dem er auch befreundet war. Lisi erwachte zur gleichen Zeit wie ich fast, das heißt, ich lag im Bett, erwachte von einer Frauenstimme (Dreibettzimmer), die mich fragte, ob ich Brigitte Schwaiger sei.
– Ja.
– Ich kenne Sie!
– Ja, grüß Gott. Und Ihr werter Name?
– Ich bin (einige Erklärungen).

Sie hatte lange geschlafen im Netzbett, wie es korrekt heißt, sie sagte, sie sei durstig. Ich ging mit zwei Achtel-Weingläsern, die ich in der Halle (die ich auch Saal meist nenne) in die Toilette, trug zwei Achtelgläser zu ihr, denn sie konnte ja starken Durst haben. Sie trank aus einem Glas, den Rest, der im zweiten Glas blieb, schüttete sie in ihr Bett.

Oder das zweite Glas zur Gänze, anstatt es mir anzubieten, ich war ja auch durstig, nur kam sie zuerst, das ist meine Erziehung. Zuerst dein Nächster, dann du. (Verhaltenstherapie bemüht sich, uns dieses Denken gründlich abzugewöhnen).

Ihr Freund erschien dann, große Begrüßung, Bussi-Bussi-Gesellschaft plötzlich in Steinhof, kurzer Spaziergang ins Freie mit dem Freund bzw. meinem alten Bekannten. Er erzählt Lisis Geschichte, ich schildere ihm, wie es hier im Pavillon zugeht. Er amüsiert sich und bittet mich, auf Lisi zu schauen.

Lisi erzählt mir, sie wünsche sich Kinder mit ihrem Freund. Ich: Er hat schon zwei geschiedene Frauen mit Kindern und ist schon Großvater, vielleicht wünschst du dir lieber etwas anderes von ihm.

Lisi borgt mir eine Pinzette. Zu dritt rupfen wir einander die überflüssigen Haare aus dem Gesicht. Zwei Patientinnen und ich.

Zuhause rufe ich die Telefonnummer der Tante in Deutschland an, komme aber nie durch. Dann muss Lisis Freund ins Ausland und hinterlässt auf dem Anrufbeantworter, er sei eine Woche nicht da, „Und ich bitte dich auf die Lisi zu schauen." Ich schaffte es nicht mehr, sie hat eine Tante, sagte ich mir, sie hat eine Mutter, ich kann mich nicht mehr selbstverleugnen, wer schaut denn auf mich? Wie kann eigentlich ein so genannter Gesunder, ein so genannter Normaler von einer Psychiatriepatientin verlangen, dass sie sich um seine Freundin kümmert?

Warum hat er nicht den psychosozialen Dienst angerufen? Warum die alte Brigitte Schwaiger, die immer da war, wenn man sie brauchte, der man alle Sorgen erzählen konnte, und die gemieden wurde, wenn die Sorgenkinder eine gute Zeit hatten, Erfolge etc. und erst wieder, wenn eine Ehe geschieden war, traten sie wieder an und ein. Dann durfte ich Partnerberatung spielen, ohne Honorar natürlich, und der Dank war, dass die jeweiligen Partnerinnen dann auf mich eifersüchtig waren und die Herren Ehemänner und Liebhaber mich womöglich noch als Köder verwendeten, sozusagen die nächste Geliebte, Frau, die man „aufreißen" möchte, der erzählt man, falls sie ein Schwaiger-Fan ist, wie gut man mit B. S. befreundet ist. Es hat einmal eine Frau mit Kind und Ehemann ihre Schwiegermutter gebeten, aufs Kind aufzupassen, während sie mit ihrem Mann Einkäufe macht. Ich war auf Besuch, zufällig, bei jener etwas älteren Dame, die ich seit Jahrzehnten kannte, auch deren Sohn, der natürlich gern erzählte, wie gut ich mit seiner Mutter befreundet war und bin.

Kurz, als die Ehe in die Brüche ging und die junge Frau mit dem Kind mich bat, ihr seelisch zu helfen, erzählte sie mir, sie habe an dem Nachmittag, an dem sie mit ihrem Mann vom Einkaufen zurückgekommen sei und mich gesehen habe, wie ich mich gerade von ihrer Schwiegermutter verabschiedet hätte, gedacht:

„Endlich ist sie da."

Ich möchte bei dieser Gelegenheit einen lange gehegten, also recht alten Verdacht aussprechen: Menschen kennen einen, reden darüber, dass sie einen kennen, und die, denen sie damit imponieren, verlieben sich dann glatt in sie. Ich möchte lieber nicht wissen, wie viele Männer schon Eroberungen gemacht haben einfach dadurch, dass sie erzählten, Brigitte Schwaiger gut zu kennen.

Vielleicht sind sogar Kinder zur Welt gekommen dank mir? Die Lisi würde wahrscheinlich noch leben, wenn ihr Freund gesagt hätte, dass er mich zwanzig Jahre lang nicht kontaktierte, auch nicht in meiner Not. Dass er so, als kenne er mich nicht, an mir vorbeiging, als ich zufällig im selben Haus, in dem er wohnt, eine Psychiatriepatientin besuchte und mich in genau dem Moment aus ihrer Wohnung ins Stiegenhaus begab, als er von seiner höher gelegenen Wohnung heruntergestiegen kam.

Ich grüßte ihn, er dankte nicht, sondern blickte weg: Vielleicht erkannte er mich nicht. Vor kurzem traf ich ihn in der Nähe meines Haustors. Da ich ihn schon mehrere Male in meinem Bezirk getroffen habe, plauderten wir wieder kurz. Er verspricht mir seit dem Jahr 1993, da meldete er sich einmal per Ansichtskarte, einen Spaziergang. Versprochen, nicht gehalten, wieder, vor wenigen Tagen, spricht er von dem großen Spaziergang, den wir miteinander machen werden.

Ich bin noch immer psychisch krank. Psychisch Kranke darf man nicht verstören. Kindern und psychisch Kranken darf man gegebenes Wort nicht entziehen. Ich wartete tagelang, hatte zu ihm gesagt: „Du bist das größte Arschloch von der ganzen Welt." Er lachte herzlich. „Gut, gut, dass du mir das sagst." „Und dich erschieße ich drei Mal", sagte ich. Er lachte sehr. Dann entfernte er sich, und ich rief ihm nach: „Call me." Er hat nicht angerufen, es sind vier oder fünf Tage vergangen, ich habe keine Lust, ihn anzurufen und zu hören, er sei grad mitten in der Arbeit, ich solle in zwei Stunden noch einmal anrufen.

Psychisch Kranke müssen sich überwinden. Telefon, Einkauf, alles wird zur Belastung. Ein Telefonat pro Woche tut mir grad noch gut. Täglich einmal zur Post und zurück, zum *Billa*, zur Trafik, das schaffe ich. Aber schon das Kopierengehen macht mir Probleme. Beim Kopierer stehen und warten, bis er sich aufwärmt. Kopien verlieren, Kopierkarte steckenlassen irrtümlich. Oder versehentlich die Bankomatkarte in den Kopierer schieben. Du triffst im Bezirk oft Männer und Frauen, mit denen du „oben“ warst. Pavillon 10 wird ja nach Bezirken beliefert. 1. Bezirk, 4., 5., 6., 7. Bezirk.

Einige kennen dich noch, nur, so wenig wie du von ihnen etwas weißt, wissen sie etwas von dir. Man ist einander „oben“ ja nur körperlich nah, und viel zu nah meist. Aber man weiß voneinander bestenfalls den Beruf, die Diagnose, die Medikamente.

Ich habe Lisis Würde den sehr geehrten Lesern und Leserinnen zeigen wollen. Sie war eine Künstlerin, und ich frage mich manchmal, seit ich graphologische Gutachten lese, ob es nicht eines Tages möglich sein könnte, den Charakter eines Menschen einfach aus seiner Stimme herauszulesen. Es vibrieren die Stimmbänder bei jedem anders, es klingen Stimmen so unverwechselbar verschieden, dass sie vielleicht der Stimmabdruck der Gedanken sein können, so wie es Fingerabdrücke gibt.

Ich bat, als ich schon sehr erschöpft war, im Dezember 2003 einen Mitpatienten, der stationär im Pavillon blieb, sich ein wenig väterlich um Lisi anzunehmen. Ein ehemaliger Schriftsteller, krank geworden, geschieden, aus der Türkei, dort polizeilich verfolgt, einige Male verhaftet, Verwandte von ihm werden umgebracht, er bezeichnete sich als „Kurde“ und „Hebräer“, ich hatte ihm einmal viel *Literatur* hinaufgebracht, er mochte mich, und ich hatte großen Respekt vor ihm. Er teilte mir dann telefonisch mit, er habe sich um Lisi angenommen. Sie sei von Ebene 2 oft zu ihm auf Ebene 4 gekommen.

„Aber sie war nicht lieb. Ihr Gesicht war graubraun verschmiert.“ Ob er noch am Leben ist, weiß ich nicht. Ich besuchte ihn einmal, später rief ich ihn an, da sagte er, er wünsche keinen Besuch, er wolle allein sein. Ich schrieb ihm dann einmal, der Brief kam zurück, an der Adresse war er nicht mehr.

Unsere hiesige Psychiatrie, Steinhof, Baumgartner Höhe, Otto Wagner Spital, hundert Jahre alt, sollte aufgelassen werden. Die Gebäude in Museen verwandelt, in denen nicht mehr Depressive und Aggressive und Schizophrene und Paranoiker und Heroinsüchtige auf engem Raum miteinander auskommen müssen, denn wir kommen miteinander nicht aus, immer wieder gibt es Missverständnisse und Streit, sogar Androhung von Gewalt und Gewalttätigkeit. Männlein und Weiblein gemischt, junge und alte Patienten gemischt, verschiedene Nationalitäten, dazu das Personal, ein Sprachenbabylon, ein Durcheinander an Krankheiten, dazu ein Maniker, der ständig Unfug treibt und alle belästigt, er wird oft ins Netzbett gesperrt, dort schläft er oder brüllt er.

Eine Alkoholikerin und ein Alkoholiker, Rauschgiftsüchtige, draußen durch irgendwelche Aktionen unliebsam auffällig geworden, und dann wieder die, die Depressionen haben, mit Schmerzen oft, und Menschen, die in einer Wahnwelt leben, dazu das Personal, heillos überfordert, manchmal liebenswürdig, meist aber „gestresst“ und abweisend. Ja, und die sozialen Unterschiede. Ein Universitätsprofessor, ein anderer Akademiker, etliche Menschen, die kaum lesen und schreiben können, dazu unflätige Töne, „Arsch“ und „Scheiße“ den ganzen Tag, wirklich, man könnte meinen, da hat der liebe Gott sich eine Hölle ausgedacht, die, wer hier war, nie wieder vergisst. Eine Freundin, die den Freitod wählte, teilte mir mit, die Psychiatrie habe ihr eine Wunde geschlagen, die nie wieder heilen würde. Eine Frau hier zu mir: „Die Psychiatrie hat mich gebrochen.“

Ich bin am 19. Jänner 2002 freiwillig mit der Rettung auf die Baumgartner Höhe gefahren, habe mich einliefern lassen, habe es als „mein unglückliches Leben“ bezeichnet. Und immer wieder Tagespatientin auf der Baumgartner Höhe. Und am 17. Jänner 2004 machte ich einen Selbstmordversuch mit einer Überdosis Antidepressiva, meine Mutter, die Verdacht schöpfte, verständigte die Polizei, so wurde ich aus der Wohnung zur Entgiftung gebracht ins Wilhelminenspital. – Ich bin in die Psychiatrie gegangen in der Hoffnung, dort sprechen zu können eines Tages. In der Psychiatrie aber ist man „krank“, sonst wäre man nicht dort.

Die Stimmenhörer habe ich vergessen zu erwähnen, die Menschen, die unter Zwängen leiden (Kontrollzwang, Grübelzwang). Debile und Demente mit anderen auf engem Raum, Patienten, die pausenlos reden und andere stören, ebenso Patientinnen, die sich in aufdringlicher Weise lautstark gebärden, die Modepuppe, die seit Wochen täglich als Halbstationäre in neuer Kleidung kommt, als hätte sie einmal eine Boutique erfolgreich ausgeraubt, daneben die, denen es Mühe macht, sich anzuziehen. Einer, der herumschreit und herumdroht.

Sollen wir Depressive hier gesund, das heißt heiterer werden, oder wird uns ein Lehrstück gegeben über andere schwere Fälle, sollen wir uns daran erbauen oder uns das Herz noch einmal brechen lassen. Ich erinnere mich an eine Oberschwester im Allgemeinen Krankenhaus, die mein Einzelzimmer mit den Worten betrat, ich möge mich doch hinaussetzen, in den Gemeinschaftsraum, dort würde ich schwere Fälle sehen. „Dann merken Sie, wie gut es Ihnen geht." Aber das funktionierte nicht, der schwere Fall beschuldigte mich sofort, ihm einen Geldschein gestohlen zu haben, und ich war schockiert. So wie mich hier auf der Baumgartner Höhe eine Paranoikerin beschuldigte, ihre Schuhe gestohlen zu haben, und sie sagte, wenn sie draufkäme, dass ich ihre Schuhe hätte: „Dann ist deine Brille kaputt!"

Wir gehen mit einem Schlüssel umgehängt, denn es wird sehr viel gestohlen, und wir müssen alles, was wir besitzen, im Schrank einsperren.

Ärzte, Pfleger und Krankenschwestern schützen sich vor den Patienten, aber die Patienten sind Tag und Nacht, 24 Stunden, einander ausgeliefert, und wer schützt Patienten vor Patienten. Krankenhauspersonal, das nicht spezialisiert ist auf einzelne Krankheiten, das Büroarbeit erledigen muss, immer in Eile, die Hektik wird zugegeben, kleine oder größere Fehler passieren „in der Hektik". Eine Krankenschwester meinte, in dem Artikel über mein unglückliches Leben, der im „Spectrum" erschienen ist, hätte ich die Netzbetten (Gitterbetten) nicht erwähnen sollen. Aber in der Literatur ist Kosmetik schädlich (Alexander Solschenizyn).

Natürlich gibt es hier Netzbetten (Gitterbetten) und gibt es jeden Tag ein resolutes „Ab ins Gitterbett!" oder die Frage „Willst ins

Gitterbett?". Dann sitzen und liegen sie drin, schlafen oder rufen, manche krallen sich ins Netz, schreien, dass sie „einen Urhunger" haben, „einen Urdurst", dass sie eine Zigarette wollen, und dann gibt es manchmal ein Gebrüll wie in einem Ochsenstall.

Wenn ein Maniker auf einen paranoid Schizophrenen losgeht, wenn Patienten Boshaftigkeitsanfälle haben und andere beschimpfen, wenn viele barfuss hin und her laufen, halb nackt, im Pyjama oder angekleidet, wenn „Mir gehts heut a bissl Oasch" gleich nach dem „Guten Morgen!" kommt, was habe ich gemein mit einem Heroinsüchtigen, der hier seinen Entzug macht?

Rettungsmänner müssen lustig sein, ja, ich sehe es ein, denn wenn sie nicht lachen, haben sie keine Kraft für die Ausübung ihres Berufs. Aber dass diese respektlos lachend schon das Zimmer verlassen, in dem eine Neueinlieferung zu Bett gebracht wurde, ich sehe es nicht ein, sollen sie lachen, wenn sie im Auto wegfahren, dies ist doch eine Stätte der Trauer, angesichts so vielen Leides, und verdient das Leid denn nicht Respekt?

Was habe ich gemein mit einem Heroinsüchtigen, damit meine ich, dass seine Welt mir fremd ist und meine ihm, dass Gedankenaustausch kaum möglich ist, dass es keine Gesprächsebene gibt, und was habe ich gemein mit einem Patienten, der wegen Panikattacken hier ist, bei dem aber keine Selbstmordproblematik vorliegt?

Da kommen die, die sich selbst etwas antun wollten und 144 wählten, und dann treffen sie hier auf Persönlichkeiten, die polizeilich hergebracht wurden, weil sie anderen etwas antun wollten. Und so einer ruft dann „He!" und „Hallo!" und „Gib mir!" und „Du bist deppert!" und „Ich schlag dich tot!"

Wären die Krankenschwestern (und auch die Psychiater und Pfleger) spezialisiert und würden sie nicht so viel Bürokratisches erledigen müssen und das Essen nicht austeilen müssen, bei höheren Gehältern, bei neuen Bauten, es könnte eine ganz andere Psychiatrie geben als die, die vor hundert Jahren hier die angeblich so schönen Pavillons erhielt. Was nützt mir Jugendstil, wenn ich meine, in einem Alptraum, im Fegefeuer zu sein, in der Hölle: mitgebrachtes eigenes Leid und das, das die Mitpatienten einem verursachen, ich muss an Sartres Theaterstück *Huis clos* denken, in dem er sagen lässt: „Die Hölle, das sind die anderen."

*M*_eine erste Frau war auch von seelischen Turbulenzen gepeinigt_", schreibt mir ein Leser der beiden Berichte, die ich im „Spectrum" veröffentlichte, *„und ich war als ihr (periodenweise gehasster) Partner immer versucht, zu ergründen, was in ihr vorgeht. Alle Fragen wurden aber nur ausweichend oder mit Aggression beantwortet, und so wie es mir erging, ergeht es tausenden von Partnern oder Partnerinnen. Daher ist Ihr Outing so wichtig. Lassen Sie uns Außenstehende weiter einen Blick in die Wunderkammer gequälter Seelen machen. Klagen Sie auch die Gesellschaft an, die Ärzte und Heilanstalten. Außenstehende wissen nicht, welche Verzweiflung auch die Angehörigen und Partner erfasst."*

Vielleicht meinte er „Wundkammer" und verschrieb sich nur. Ich bin versucht, dem Schreiber sofort zu antworten, denn vielleicht wäre er der Mann meines Lebens. Man sagt, dass lesbische Frauen auf Erlösung durch einen Mann hoffen und homosexuelle Männer auf Erlösung durch eine Frau. Wobei für die homosexuelle Frau das Eigenschaftswort „lesbisch" gilt, nach der Insel Lesbos in Griechenland, für homosexuelle Männer mit dem Eigenschaftswort „schwul" kein besonders schönes Wort gefunden ist.

Als ich mit 19 Jahren in Spanien entjungfert worden war und der (nach eigener Aussage) beste Freund sich mit mir verlobte, gestand ich ihm, lesbisch zu sein (sofern man so etwas gestehen muss als ein Delikt), und er wischte meine Worte weg. Das sei unwichtig, auch er habe geglaubt, homosexuell zu sein, und seit einiger Zeit wisse er, dass er es nicht sei. Ich war enttäuscht. Ich hatte gehofft, er würde mich von nun an verschmähen und mich laufen lassen. Doch lag ihm daran, mich seiner Mutter vorzustellen und ihr mitzuteilen, dass er mich heiraten würde.

Wann immer ich die Verlobung auflösen wollte, fand er ein neues Argument dafür, dass wir beisammenbleiben sollten. Er beschimpfte mich und versöhnte sich wieder mit mir, gab mir Zuckerbrot und Peitsche. Gegenüber seinen Verwandten rühmte er sich, mich dressiert zu haben. Er nannte sich einen Juden, der mit der Tochter eines Nazis tun würde, was er wollte. Zwei Jahre lang war ich seelischen Folterungen ausgesetzt, dann ließ er mich unter Bedingungen frei. Ich litt fortan unter einem Trauma.

Hätte er, was ich sagte, ernst genommen („Ich glaube, ich bin lesbisch“), so wäre mein Leben anders verlaufen. Aber wann nimmt ein Mann schon das ernst, was eine Frau sagt? Weiß denn ein Mann, dass einer Frau, wenn sie sexuell durch seinen Körper nicht gereizt ist im positiven Sinn, das Genital des Mannes lächerlich erscheint? Ich empfand die Verwandlung des weichen, hängenden Penis in den „Ständer“ als skurril. Und ebenso den Stolz der Männer auf ihren „Phallus“. Umso anziehender wirkte so mancher Frauenbusen auf mich. Doch anstatt einen solchen Busen einfach zu streicheln und mich so zu entkrampfen, ging ich auf Distanz. Es belehrte mich eine Freundin, die, während sie sich mit mir unterhielt, meinen Busen streichelte – nicht mehr als das –, darüber, was eine „Busenfreundin“ ist. Das ist, von Frau zu Frau, eine so intime Freundschaft, dass man einander nicht nur in allem vertraut, sondern einander auch zärtlich berührt. Wobei ich mich nicht sexuell erregt, sondern nur angenehm nah und wahrgenommen fühlte. Überhaupt, mehr Zärtlichkeit. In einer der Abteilungen im AKH, Psychiatrie, sah ich einmal ein Plakat, das Raucher zeigte und davon ausging, dass Menschen rauchen, weil sie zu wenig küssen.

Vielleicht durch mein in der Jugend „ausschweifend“ gewesenes Leben bin ich im beginnenden Alter, ich werde nächstens 56, unsicher geworden. Seit Jahren im freiwilligen Zölibat lebend, um der Suche nach dem Orgasmus ein Ende zu machen. Sich mit anderen Dingen beschäftigen, den Körper als Fahrzeug und Werkzeug benutzen, nicht dem Körper huldigen. Körperpflege ja, Körperkult nein. Liebe zu Männern und zu Frauen (und Kindern und Tieren und Pflanzen): ja; mich „ficken“ („vögeln“, „bumsen“, „aufs Kreuz legen“) lassen: nein. Abstinenz.

Auslöser zu meinem Bekenntnis, lesbisch zu sein, war ein unangenehmes Erlebnis, das ich mit einem Mann gehabt hatte, der sich einbildete, der Ursprung meiner seelischen Leiden liege darin, dass ich „zu wenig Sex“ hätte, der sich auf mich warf und meinte, mir Cunnilingus machen zu müssen. Selten in meinem Leben war ich so angewidert von einem Menschen. Er belästigte mich mit telefonischen Anrufen, schlug ein neuerliches Treffen vor, und ich glaubte mich übergeben zu müssen, wenn ich nur seine Stimme hörte. Dies mag sexualneurotisch sein, ich bin aber jetzt, mit weit über 50 Jahren, solcher Therapien müde. Es geht mir nicht mehr darum, so wie in der Jugend, nach einem sexuell erfüllten Leben zu streben. Ich meine, dass es andere Erfüllungen auch gibt. Und zwar solche, für die man keinen Zweiten braucht.

Seit ich mich als lesbisch, also als den Frauen zugeneigt, geoutet habe, erhalte ich nicht nur Briefe von lesbischen Zeitgenossinnen, sondern auch von Männern (die mich zu bekehren wünschen). So wie ein Mann ja nur selten Halt macht vor einer Tatsache, einem Frauenwort. Mit „Ach, was!“ und „Macht nichts!“ wurde mir geantwortet. Es macht mir sehr wohl viel aus, ich empfinde ja, wenn ein Mann mir zu nah kommt, Ekel.

Immer überwand ich durch Flucht nach vorne den Ekel, immer wieder wollte ich mir beweisen, dass ich einen Mann brauche und nicht eine Frau. Zwei Mal heiratete ich. Kinder wollte ich natürlich haben, denn weshalb sollen Frauen, die mit Frauen leben, nicht Kinder aufziehen dürfen? Weshalb soll ein Mann, der mit einem Mann lebt, kein Kind haben dürfen, wenn eine Frau willens ist, ihm eines zu schenken? Ich erhielt auch Reaktionen wie „Wozu outest du dich, das holt doch heute keinen mehr hinterm Ofen hervor“, doch bekam ich auch Gratulationen zu meinem „Mut“. Wie viele Ehen sind unglücklich, wie viele „Selbstmorde“ gibt es wegen Homosexualität.

Eine Frau schrieb mir, es sei für sie ein Privileg, mit einer Frau unter derselben Decke schlafen zu dürfen. Wie erlöst fühle ich mich, wenn ich auf der Straße erlebe, dass Mann und Mann oder Frau und Frau sich küssen. Wie angewidert bin ich hingegen von nackten Busen auf Zeitschriftentitelblättern, nackten Frauen überhaupt, zum Beispiel von der täglichen Nackten in der „Kronen Zeitung“. Erotik soll gelebt und nicht fotografiert oder gar verkauft werden. Ihre Vermarktung erscheint mir seit je sittenwidrig und missverständlich.

Ein sehr bekannter und schon verstorbener Psychiater teilte mir einmal mit, seiner Meinung nach werde, wie Sigmund Freud entdeckte, mit der Sexualität viel geheuchelt, doch noch mehr mit Geld. – Als junges Mädchen dachte ich, die körperliche Hingabe sei das größte Geschenk, das eine Frau einem Mann machen könne, und sie sei zugleich hinauszuzögern, da sehr wertvoll, „frau“ habe zu warten bis zur Ehe, „frau" dürfe sich nicht wegwerfen; später, in den Siebzigerjahren, wurde das „Schlafen miteinander" als „Fortsetzung eines guten Gesprächs" gesehen, und da ist wohl ein wesentlicher Unterschied. Das gute Gespräch erzeugt eine Gehirnlust, so wie ich ja überhaupt, je älter ich werde, das Gehirn für ein Lustorgan, nur viel zu selten zur Lust benützt, halte. Und wie ich erkennen musste, dass Mann und Mann so verschieden sind wie Frau und Frau, dass man „die Männer" und „die Frauen" schwerlich sagen kann, ohne zugleich zu lügen.

Der sich als homosexuell deklariert habende „Borderliner" im Otto Wagner Spital, der mir im Frühling die Hand an die Körpermitte legte und zärtlich auf mich einredete: Wo sind die Grenzen, und wer zieht sie? Ein Schauspieler erzählte mir einmal, er sei mit einer Theaterkritikerin „ins Bett gegangen, obwohl mir vor ihr gegraust hat, damit sie gut über mich schreibt". Da ist der ehrliche Strich doch ein saubereres Geschäft. Weil einer Schriftstellerin oft viel erzählt wird: Es klagte einmal ein Mann nachts am Telefon, er gebe „fürs Blasen" 30 Euro aus, „und der Bub hat was davon, und ich bin 30 Euro los".

Wann lehrt man endlich in Schulbüchern den Geschlechtsverkehr samt allen nötigen Verkehrsregeln, sodass bittere, einsame Erfahrungen und vor allem Missverständnisse den Menschen erspart bleiben? Über kaum etwas redet es sich so schwer wie über „Sex". Kaum etwas scheint die Menschen aber so stark zu interessieren, es sei denn, jener Psychiater hätte Recht, dem zufolge wir alle in erster Linie an Geld interessiert wären, hinter dem meisten, was wir tun oder unterlassen, unser Bedürfnis nach eigenem Geld steht. Also: Volksschulkinder doch endlich auch finanziell entlohnen dafür, dass sie früh aufstehen und zur Schule gehen und lernen? Sie nicht nur benoten, sondern: Wer ein „Sehr gut" hat, kriegt mehr? Auch ein Kindergartenkind, das aufzuwachen hat, wenn der Wecker läutet, und nicht, wenn es ausgeruht ist, sollte dann entlohnt werden. Das Hausfrauenmonatsgehalt. Entlohnung bedeutet ja nichts anderes als Entschädigung.

Und ich wünsche mir zum Tod, überhaupt, eine gelöstere Beziehung: Er gehört zum Leben, es wäre kein Tod ohne das Leben, und also muss die Ursache des Todes im Leben selbst liegen. Eine respektvolle Haltung gegenüber dem Freitod, den man nicht länger „Selbstmord“ nennen sollte, denn es mordet nur, wer ein Wesen tötet, das leben möchte. Freitod ist kein schlechterer und kein besserer Tod als der natürliche Tod.

In der Psychiatrie lernte ich Menschen kennen, die auf mein „Ich bin hier, weil ich versucht habe, mir das Leben zu nehmen“ mir die Hand herstreckten und „Willkommen im Club“ antworteten. Wie viele Menschen gibt es, die täglich und meist im Geheimen überlegen, ob sie sich umbringen sollen. Ich wünsche mir mehr Foren für solche Menschen, mehr Offenheit und mehr Gelegenheiten zum Sprechen. Die Dinge, die einen in den Tod treiben, beim Namen nennen dürfen, privat und öffentlich. Und nicht überlegen müssen, wohin gehen, bei wem anläuten.

Natürlich können wir unsere Welt verbessern, und die vernünftigsten Menschen, auch die liebevollsten und feinfühligsten, lernte ich in den letzten Jahren auf der Baumgartner Höhe und im AKH (Psychiatrie) kennen. Es wird doch hoffentlich nicht so sein, dass gerade die besseren Menschen oft und oft psychisch erkranken, zu Alkoholikern werden oder zu Schizophrenen? So wie es Menschen gibt, die nichts so fürchten wie „den Steinhof“ (Otto Wagner Spital in Wien), so gibt es etliche, die aus dem „Steinhof“ nicht mehr hinauswollen. Wenn es einmal für einen Menschen keine Schande mehr ist, dass er in psychiatrischer Behandlung war, kann man vernünftig über vieles sprechen.

Wie viel verdient ein Psychiater und Neurologe? Ein „niedergelassener Nervenarzt" – wie mein Freund Willibald Sluga sich und seine Situation (Privatordination, außer seinem Angestelltsein im AKH, Psychiatrie) zu bezeichnen pflegte. Sluga, leider vor zwei Jahren gestorben, erzählte mir einmal, früher sei er „in Geld geschwommen", und seine Pension war auch nicht gerade niedrig.

Jetzt las ich in der „Presse", Seite sieben, ein in einem Außenbezirk von Wien „niedergelassener" Psychiater und Neurologe müsse an die 500.000 Euro an die Wiener Gebietskrankenkasse zurückzahlen. Unter anderem für zu viel und zu teuer verschriebene Medikamente; zu viele Arztgespräche soll er auch verrechnet haben. Dabei geht es um den Abrechnungszeitraum von nur einem Jahr. Ich habe mir das ausgerechnet mit meiner Gymnasialbildung. 500.000 Euro sind sieben Millionen Schilling.

Wahrlich ein fleißiger Mensch, ein Workaholic, der so ruck, zuck dem Patienten in die Augen schaut, und wenn sich das (Zeitmangel!) nicht ausgeht, schaut er zumindest eine halbe Minute in den Computer. Dort tippt er herum, dann spricht er die prophetischen Worte: „Es wird besser werden!" Und damit ist man entlassen. Man geht dann, wenn man sein G'wand geholt hat aus dem ziemlich vollen Wartezimmer, ins Freie, wo es noch recht kalt sein kann, wartet an einer stark befahrenen Straße auf das öffentliche Verkehrsmittel („Bim, die Stadt gehört dir"), und wenn man vorher beim Hingehen Depressionen hatte, so hat man sie jetzt noch ärger, denn eine Sekunde lang dachte ich wirklich in der Ordination, mein Psychiater sei wahnsinnig. Er hing mehr überm Tisch, als dass er saß, kaute unentwegt Gummi, zum starken Zeichen dafür, dass er sich das Rauchen abgewöhnt hatte oder gerade im Begriff war, es zu tun, seine Augen glotzten, ja, es ist nicht anders zu beschreiben, an mir vorbei, irgendwohin in ein sehr, sehr ferne stehendes Narrenkastl, und ich dachte: Vielleicht hat er vergessen, wer er ist, das kommt davon, wenn man so viel arbeitet, er begleitet nämlich die Patienten aus der Ordination in den langen Gang, in dem – wie bei einem Friseur – ein Pult steht mit netter Dame dahinter, telefonierend, aufrufend, Karteien durchsuchend, nun ja, es fällt mir meine Hautärztin ein, sie arbeitet auch auf Krankenschein, sie hat auch sehr, sehr (!) viele Patienten, aber sie ist eine gute Hautärztin, sie half mir schon mehrere Male, was ich von jenem Herrn nicht behaupten kann, es ist eher so, dass ich trotz jenes Niedergelassenen noch lebe.

Gläserner Blick, kalte Augen, Betulichkeit, er läuft direkt seinen Patienten nach, dabei sein liebevoller Umgang mit sehr alten Frauen. Ich bekam schon mit, in den Jahren, da ich seine Patientin war, dass er alte Damen (vielleicht auch alte Herren) zuhause besucht, ja, ich dachte damals: was für ein aufopferungsvoller, engagierter Mensch, ein Idealist, der in einem Nobelbezirk von Wien wohnt, ordiniert aber in einem Arbeiterbezirk, ich wurde zu ihm vermittelt durch eine Bekannte, die wegen Depressionen zu ihm gegangen war, nun keine Depressionen mehr, dafür 30 Kilogramm zugenommen, macht ja nichts, ich habe auch am Tag nach der ersten Medikamenteneinnahme, damals im Sommer 1998, gelbe Flecken und ein geschwollenes Gesicht gehabt, die Lider ließen fast keine Augen mehr sehen, ich berichtete es dem Nervenarzt – er meinte, das würde vorübergehen. Ein Pulverl gab er mir gegen Schlafstörungen, dazu eins, das die Nebenwirkungen des Pulverls beseitigen würde, dazu noch etwas Drittes, so kehrte ich reich beschenkt aus der Apotheke heim, zirka 20 Kilo habe ich zugenommen, seit ich die Neuroleptika schlucke, das macht nichts, Hauptsache weniger Schlafstörungen.

500.000 Euro. Von früh bis spät für die Patienten da, zahlreiche Hausbesuche. Ein fleißiger Arzt, nun hat er um sieben Millionen Schilling zu viel bekommen. Was bleibt ihm denn noch übrig? Mein letztes Gespräch mit ihm ging ungefähr so: „Grüß Gott, Herr Doktor!“ (Stumme Handreichung, setzt sich, blickt schräg an mir vorbei, zirka zehn Sekunden, absolute Stille, ich wage nicht zu atmen, dann schaut er in den Computer.) „Was macht Ihr Mann?“, fragt er, und ich bin gerührt. Vor drei Jahren erzählte ich ihm, dass gewisse Sorgen und ein gewisser Kummer wegen des geschiedenen Mannes mich schlaflos machen, und heute noch erinnert er sich daran! „Darum geht es jetzt nicht … ah … ich schlafe kaum … ich habe Depressionen …“ Stummer Blick in den Computer. Er tippt. Dann kommt ein Zettel heraus. „Ich habe Ihnen das verschrieben, was ich Ihnen schon letztes Mal verschrieben habe. In 14 Tagen will ich Sie wiedersehn!“ Dazwischen hat er festgestellt: Es wird besser werden.

Nun ging ich dankbar den weiten Fussweg von seiner Ordination zur Straßenbahn, selber schuld, sage ich mir, warum nimmst du dir nicht einen Psychiater im eigenen Bezirk, aber da ist, ich weiß nicht, die Scham? Oder was hindert mich, wissen zu wollen, ob es im siebten Bezirk einen Psychiater gibt? Ich dachte immer, diese seien etwas sehr Seltenes.

Nie wieder zu dem, sage ich mir, und wenn ich vor Depressionen verrecke. An mir vorbeiglotzen kann ich selbst, wenn ich mich vor den Spiegel stelle, und um das gleiche Rezept noch einmal zu erhalten, hätte ich nicht hinfahren müssen. Es war eine von den Fahrten gewesen, bei denen ich während des Wartens auf den U-Bahn-Zug überlegte, ob ich mich auf die Schienen werfen sollte.

Das ahnt ja ein selig vor sich hin verdienendes Doktorchen nicht, mit was für allerletzten Kräften Patienten manchmal (oder oft) zu ihnen schleichen. Geduckt, bedeckt von ihrer Schande, einen Nervenarzt zu brauchen, mit Angst vor der Diagnose. Doch die Baumgartner Höhe, wohin ich mich dann begab, war um vieles besser als jener Doktor, ich erwähnte seinen Namen, weil ich bei der Aufnahme gefragt wurde, bei wem ich zuletzt in psychiatrischer Behandlung war. (Na ja, der Herr Doktor Soundso hat mich 40 Sekunden neben seinem Computer gehabt, eineinhalb Stunden bin ich hingefahren, eineinhalb zurück, eine halbe Stunde habe ich im Wartezimmer verbracht, geschwollenes Gesicht, 20 Kilo zugenommen, Gehstörungen, Bewegungsstörungen, daher die Medikamente abgesetzt.)

„Bei wem waren Sie denn in Behandlung?“ – „Beim Doktor Soundso.“ – „Ah, den kennen wir eh, der war früher bei uns, wie geht's ihm denn?“ – „Er kaut Kaugummi, weil er nicht mehr raucht.“ – „Das ist gut, dass er nicht mehr raucht! Er hat so viel geraucht, wie er bei uns war! So viel, dass er, unter uns gesagt, schon Blut gespuckt hat! Aber das ist wirklich nur unter uns gesagt.“

Immerhin, als ich fürs Sozialamt eine Amtsarztbestätigung dafür brauchte, dass ich krank sei (und des Romaneschreibens nicht mehr fähig, plus andere Behinderungen) und der Amtsarzt einen Befund verlangte, ich mich also an meinen Psychiater wandte, schrieb dieser mir sofort die Bestätigung dafür, dass ich an endogener Depression leide und eine Heilung nicht absehbar sei, sodass er befürworte, man solle mir eine lebenslange Rente geben. (Immerhin. Sozialhilfeempfängerin bis zum Tod.) („Es wird besser werden!")

Der Amtsarzt gab sich mit dem Brieflein nicht zufrieden und verlangte ein zweites Gutachten eines Psychiaters. Ich bat Willibald Sluga, mir ein Attest zu schreiben, kurz, Sluga bemühte sich, nachdem er lange mit mir gesprochen hatte (etwa zehn Stunden, verteilt auf mehrere Wochen), einen Bericht über mich zu verfassen, der den Amtsarzt dazu bewegen sollte, mich zumindest ein Mal für ein ganzes Jahr krankzuschreiben. (Er schrieb mich auf fünf Monate krank mit der Bemerkung, er wolle nicht pessimistisch sein.)

Rund 600 Euro erhalte ich jeden Monat vom Sozialamt. Einmal verdiente ich 200 und 300 dazwischen, einmal 500 Euro und einmal ein bisschen über 1000 Euro, meldete es dem Amt, sodass mir die Sozialhilfe natürlich gestrichen wurde, Ordnung muss sein. Meinen sonstigen Lebensunterhalt finanzieren zwei andere öffentliche Stellen, und so komme ich ganz gut durch (es gibt ja auch ein paar Menschen, die einem ab und zu etwas schenken: Schuhe, Kleidung, Zigaretten und so weiter), und meine beste Zeit war, finanziell gesehen, im Jahr 1977. Damals verdiente ich (ein Mal und nie wieder) eine ganze Million Schilling. Man wähnte mich, wie ich erfuhr, auf den Bahamas, denn ich ging in Wien selten aus. Saß daheim und wünschte mir ein Privatleben. Der angeblich so viel Geld bringende „Bestseller" *Wie kommt das Salz ins Meer* brachte mir ein Jahr lang das Monatseinkommen einer Topsekretärin im ersten Bezirk. Und dann verteilt auf 20 Jahre noch insgesamt 2,5 Millionen Schilling.

Eine Million Schilling war 1977 viel Geld. Die Hälfte ging ans Finanzamt. Blieb eine halbe Million, für eine 28-jährige alleinstehende Frau ein Vermögen! Und nun soll mein Nervenarzt auf sieben Millionen Schilling verzichten, wo doch alles teurer geworden ist. Auch arbeitet er täglich so viele Stunden, dass die „Presse" auf der „Inland"-Seite den „Kampf ums Kassengeld" mit „Ärztliche Arbeitswut gilt als verdächtig" überschrieb.

Mein Vater, praktischer Arzt, war auch ein Workaholic. Er hatte viele Krankenscheine, renovierte ein altes Haus, ernährte Kinder und Enkel, gönnte sich hin und wieder eine kleine Reise, starb mit 60 Jahren an Krebs. Bei uns daheim gab es keinen Psychiater und keine psychiatrische Abteilung im Krankenhaus. (Dies soll gebessert werden, demnächst wird mit dem Bau einer Psychiatrie für Freistadt, Oberösterreich, begonnen.) Mein Vater musste, wie er erzählte, oft die Sorgen und besonders die seelischen Probleme der Patienten anhören. Er verschrieb Psychopharmaka, überwies zum Facharzt, gab sich aber doch den Patienten sehr hin, sodass er für die Familie kaum Zeit oder Kraft hatte. Er brachte es nach 30 Arbeitsjahren auf einen Besitz im Wert von ungefähr heutigen 500.000 Euro.

Einmal fragte ich meinen Psychoanalytiker Hans Strotzka, was denn der Antrieb sei, die Motivation, Psychiater zu werden. Hans Strotzka meinte, aus Neugier werde man Seelenheilkundiger. Und wenn aber ein Neurologe und Psychiater gar nicht neugierig ist auf seine Patienten, sondern jeden Tag nur möglichst viele Eintragungen in Krankenscheine sammelt? Ich erinnere mich an einen Hautarzt, dessen Wartezimmer so voll war, dass die Schlange der Patienten, die sich nicht setzen konnten, fast bis hinaus auf die Gasse reichte – er nahm sich 15 Sekunden Zeit, daran erinnere ich mich. Ich lag auf seinem Untersuchungstisch, harrte der Dinge, die nun kommen würden, da sagte er: „Wir sind fertig. Sie können heruntersteigen!“

Bei einem Psychotherapeuten lernte ich einmal (auch er war Patient) einen Augenarzt kennen. Verheiratet, viele Kinder, viel Stress. Er sagte, sein Beruf sei es, täglich Türen im Krankenhaus zu öffnen, mit dem Blick hinein bei der Tür, wie es dem Patienten gehe, „mit dem Arsch im Gang“.

Mir fällt der Ärztewitz ein, einer der kürzesten: Die Krankenschwester sagt zum Arzt: „Herr Doktor, der Simulant von Zimmer neun ist tot.“ Mir fällt auch ein Satz ein, der in einem meiner Theaterstücke steht. Studieren solle man „den Facharzt, der das meiste Geld bringt“.

Erinnert man sich an Frau Minister Leodolter? Sie sprach sich für die Fristenlösung aus, den Abtreibungsparagrafen betreffend, wobei sie fragte, ob man denn nicht wisse, womit sich die Frauenärzte ihre Villen bauen. In der Oper „Fidelio“ singt Florestan, er habe die Wahrheit gesagt und sei mit Ketten belohnt worden. Frau Minister Leodolter musste, glaube ich, dann bald aus ihrem Amt scheiden. Und seit der Fristenlösung verdienen die Frauenärzte halt an dringend notwendigen Untersuchungen. Krebsabstrich regelmäßig, Hormonverschreibung und so weiter.

Schwangerschaft sei keine Krankheit, sagte Freda Meissner-Blau einmal, daher sei sie nicht für die Abtreibung auf Krankenschein, doch fordere sie, die Männer sollten endlich „lieben lernen, ohne zu zeugen". Und natürlich sind das wahre Fötusfabriken, die Abtreibungsordinationen. Ich war einmal bei einem Frauenarzt, der ausschließlich davon zu leben schien. Man weiß bei Schwangerschaft nicht, wer da kommt, man weiß bei psychisch Kranken nicht, „was in dem seinem Kopf vorgeht". – Was „in dem seinem Kopf" vorgeht, weiß ein Nervenarzt natürlich, wenn er in seinem Computer den Patientennamen eintippt. Dort steht das Geburtsdatum, dort steht die Versicherungsnummer, dann stehen dort drei Namen von pharmazeutischen Präparaten. Die kauft man auf seinen Rat hin, und man bewahrt die Apothekenrechnung auf, zum Beispiel ein paar Rezeptgebühren, über 17,4 Euro, kann man abgeben im Sozialamt, der Betrag wird einem ersetzt.

Vier mal 4,35 sind 17,4 Euro. Ich erhalte seit einem halben Jahr das Antidepressivum Trittico, das Neuroleptikum Dominal, das Antipsychotikum Solian, das Antidepressivum Fluoxetin. Dazu lese ich Seneca, Aristoteles, Friedrich Torberg, Arthur Schnitzler. Auch besuche ich eine liebe Tante und einige wiedergefundene Freunde, lebe seelisch von Einladungen, das heißt, wohin man mich bittet, dort fahre ich hin, und immer mit den Medikamenten im Koffer, so wichtig wie der Personalausweis, leider ohne Bundesbahn-Ermäßigung für psychisch Kranke, und leider gibt es kein Wohnheim für psychisch Kranke. Wie viel ich im Jahr 2004 die Krankenkasse gekostet habe, weiß ich nicht. Ungefähr 120 Tage verbrachte ich stationär voriges Jahr. Immer das schlechte Gewissen, weil man den Staat etwas kostet. Sozial… – wie heißt es, Jörg Haider hat es einmal so treffend formuliert: Sozial…, ich habe leider das Wort vergessen.

Bin konzentrationsgestört *(Solian),* depressiv *(Trittico, Fluoxetin),* schlafgestört *(Dominal),* leide gelegentlich an Stimmenhören *(Solian),* Verfolgungswahn *(Solian),* es ist eh für alles gesorgt. Leide unter schlechtem Gewissen, wenn ein Arzt sich für mich Zeit nimmt, möchte keine lästige Patientin sein, beziehe seit dem Zeitungsbericht über den Psychiater das nicht mehr auf mich, dass er mich ruck, zuck abfertigte, bin richtig erleichtert.

Eine gewisse Unruhe befällt mich, wenn ich in einer der aufgrund meines Essays „Grüß Gott, Herr Doktor!" an mich ergangenen Zuschriften lese *„Besonders aber gratuliere ich Ihnen zu 600 Euro Sozialhilfe. Familienintern hatten wir darüber große Diskussionen, da mein Arbeitslosengeld zusammen mit der Sozialhilfe weit von diesem Betrag entfernt ist. Vielleicht könnten Sie mir verraten, wie Sie zu so einem Betrag kommen. Ich habe bereits eine Sammlung von Stellungnahmen diverser österreichischer Politiker, aber keiner konnte mir bis jetzt verraten, wie man in Österreich mit einer derartigen Erkrankung vorübergehend finanziell überleben kann."*

Die Dame schrieb vorher: *„(...) sprechen sie hier nicht nur mir, sondern zahlreichen ÖsterreicherInnen aus der Seele. Da auch bei mir die Nebenwirkungen (inklusive der enormen Gewichtszunahme) 1:1 mit den Medikamenten vergleichbar waren."*

Das sind viele Themen auf einmal: Gewichtszunahme durch Antidepressiva und/oder Neuroleptika, vorübergehende oder dauernde Arbeitsunfähigkeit, vorübergehende Arbeitslosigkeit aufgrund eines Arbeits-(Job-)verlusts wegen Krankheit, Frühpensionierung eventuell sogar, und dann die Unterscheidung zwischen einer Arbeitslosenunterstützung und einer Sozialhilfe.

Außer, dass es ein Bundessozialamt gibt, die Adresse steht im Telefonbuch, kann man sich auf Sozialämtern Broschüren holen. Oder, deftiger, wie es der nun schon pensionierte sehr gestrenge Herr Beamte bei uns im Bezirk erklärte: „Zu uns kommt, wer gar nix hat. Wer vollkommen mittellos ist. Wer kein Einkommen hat! Nichts! Wir sind die letzte Station sozusagen. Die allerletzten. Wenn Sie aber was verdienen, müssen S' woanders hingehen!"

Es wurde mir eingeschärft, Bettlern nichts zu geben, denn die hätten monatlich den gleichen Betrag wie ich. „Zu uns kommt, wer mit der Arbeitslosen nicht auskommt."

In meinem Fall wurde einige Male telefoniert, wurden Briefe geschrieben, da ich ohne Einkommen war bis auf lächerliche Tantiemenbeträge, auch war ich ohne Ersparnisse, besaß kein Auto und keine so genannten Liegenschaften, kurz, ich erhielt ein Armutszeugnis ausgestellt, modern heißt es heute anders, mit dem ich zum Beispiel die Befreiung von der Rundfunkgebühr erwirkte. Auch bei anderen Gelegenheiten legt man das Armutszeugnis vor, dann braucht man diese oder jene Abgabe nicht zu entrichten, man bezahlt auch keine Gebühr im Otto Wagner Spital, das alles, die Hilfe vom Staat an den mittellosen Staatsbürger, wird mit diesem Dokument bewerkstelligt. Man legt es bei, man weist es vor, und dann „wird einem eh alles g'schenkt, wenn man arm ist!", wie es einmal ein Arzt, der mich behandelte, formulierte. „Ihr arme Leut' habt's es gut!" Während hingegen er Steuern zahlen müsse. (Der arme Mann ist Primarius und übt seine Kunst an zwei Krankenhäusern aus sowie in einer sehr schönen Privatordination, aber natürlich, er arbeitet viel, und ich arbeite – nichts.)

Wir arme Leute dürfen also aufs Amt gehen, unsere Mittellosigkeit darlegen, etwa: Wohnen in einer Mietwohnung, kein persönlicher Besitz außer dem, was man zum Leben notwendig braucht, also keine Yacht, kein Privatflugzeug, kein Pferdestall und was man so haben kann, wenn man lustig ist und ein armer Steuerzahler – wenn diese Dame also, die mir zu den 600 Euro besonders gratuliert, nachweist, dass sie arbeitsunfähig ist durch Krankheit, dass sie kein Geld hat und kein Einkommen, so war sie bis jetzt vielleicht schlecht beraten oder lebt unter anderen Voraussetzungen. Es ist, glaube ich, noch nicht vergessen, dass zwei sehr bekannte Schauspieler sich aufs Sozialamt begaben bzw. Arbeitsamt, aufs Amt jedenfalls, um sich Geld zu holen, das ihnen zustand, weil sie Einzahlungen geleistet hatten. Sie waren nicht mittellos, aber arbeitslos. Was ein großer Unterschied ist. Ein Mittelloser, der arbeitet, lebt meist von der Hand in den Mund, und wenn er nicht arbeitet, gibt man ihm Sozialhilfe, weil er nichts hat, was er zum Beispiel vermieten kann. Es gibt ja Menschen, die besitzen Wohnungen und leben von Mietern. Wir sind beim Thema Geld gelandet, das nicht uninteressant ist. Wir haben, glaube ich, noch nicht vergessen, dass die blauschwarze Regierung bei ihrem Antritt FPÖ-Minister hatte, die rundweg durchschnittlich sechzigtausend Schilling monatlich und nicht mehr für ihre Tätigkeit nehmen wollten. Nur einen gab es, der scherte aus und wollte mehr. Was beweist, dass sechzigtausend Schilling für A viel sein können, für B wenig.

Ich bin Finanzexpertin in eigener Sache. Im Jahr 1994 war ich bankrott, ich glaube, damals kam zu meinen chronischen Beschwerden das bekannte Burn-Out-Syndrom hinzu. Ich saß jeden Tag am

Schreibtisch, füllte Papier an mit Zeichen, aber heraus kam nichts. Ich schrieb viele Briefe, Proteste, Schulden-Erklärungen, Pamphlete gegen Verlage, versuchte Romane zu schreiben, aber wegen meiner Psychose gab es nie ein vernünftiges Manuskript. Ich merkte, dass ich „ausgeschrieben" war. Ein Zustand, in dem ein Schriftsteller zu malen beginnt oder ins Wasser geht. (Schriftstellerselbstmorde: Depressionen, Mittellosigkeit, Ausgeschriebensein, Verfolgung politischer oder anderer Art.)

Von meiner psychischen Krankheit erlaubte ich mir auf dem Sozialamt erst zu sprechen, nachdem ich lange Zeit jeden Monat aufs Arbeitsamt gefahren war, vom siebten Bezirk in den dritten, wo ich keine Arbeit erhielt, aber einen Stempel in meinen grünen Ausweis, dann wurde mir die Sozialhilfe ausbezahlt. (Auf dem Arbeitsamt traf ich eine bekannte Schauspielerin und einen bekannten Schriftstellerkollegen, ohne dass dies in die Medien gekommen wäre, während hingegen mein Foto und Name und dazu ein gruseliger Bericht über mich eines Tages in einer vielgelesenen Bilderzeitschrift erschien, ich sei am Ende, „wohin sind die Millionen geflossen?" wurde beziehungsvoll gefragt. Dieser Vorwurf traf mich wohl am Meisten. Es war ein Artikel wie „Schriftstellerin am Ende" oder so ähnlich. Oktober 1997, um es genau zu sagen.

Nun hatte ich wieder große Not, meinem Sozialamt glaubhaft zu versichern, es seien niemals „Millionen geflossen", und ich schleppte Korrespondenzen ins Amt, Abrechnungen über erhaltene Vorschüsse, abgearbeitete Vorschüsse, nicht stattgefunden habende Einnahmen (Buchabsatz, -verkauf nämlich), der mich betreuende Beamte erhielt unfreiwillig Einblick in die Verlagsusancen, er wunderte sich oft sehr, meine Steuerberaterin wunderte sich auch sehr, wie ich innerhalb weniger Jahre von einer relativ stets mittellosen Schriftstellerin zu einer in der Mitte der Neunzigerjahre mit siebenhunderttausend Schilling verschuldeten Existenz geworden war. Auf zu großem Fuss gelebt, ja, zum Beispiel Vorschüsse erhalten in der Höhe eines Gehalts einer Volksschullehrerin, doch dann hat der Verleger die Bücher nicht verkauft, „die bringen wir nicht an!", und somit schuldete ich dem Verleger die Vorschüsse, arbeitete sie unter Depressionen ab, lieferte Texte, Texte, Texte, die wurden vom Verlag zu „Büchern" zusammengestoppelt, und eines Tages war ich schuldenfrei und psychisch ein Wrack, trank Alkohol gegen die Depressionen, verbrachte einige Nächte sogar in Kalksburg, durfte aber heimgehen, als es mir nicht gefiel (der Aufenthalt in Kalksburg war freiwillig) und suchte im August 1998 jenen Arzt auf, der die psychiatrische Praxis hat, von der heuer fünfhunderttausend Euro von der Krankenkasse zurückverlangt wurden.

Was mich inspirierte, der soziale Unterschied zwischen Arzt und Patient. Der eine kann nicht schlafen, weil er kein Geld hat, der andere schläft nicht, weil er nicht weiß, wie er sein Geld vor dem Zugriff durchs Finanzamt retten soll. Wären nicht die unzähligen Obdachlosen, psychisch Kranken, Arbeitslosen, könnte man ja Satiren schreiben. Satire verherrlicht, hat Elias Canetti im *Geheimherz der Uhr* notiert.

Wie kann man in Österreich mit psychischer Krankheit leben? Psychische Krankheit kann wohlhabende Menschen befallen, aber auch Bettler. Es gibt die Einrichtung des Psychosozialen Zentrums. Dorthin geht man, wenn man sich noch nicht krankenhausreif fühlt. Man erhält ein Gespräch und auch Beratung in finanziellen Dingen, denn der Staat steht Kranken mit ärztlicher und sozialarbeiterischer Hilfe zur Seite. Ist man Sozialhilfeempfänger, dann kostet ein Krankenhausaufenthalt nichts, sofern man krankenversichert ist, doch bezahlt einem das Sozialamt ja die Krankenversicherung, wenn nichts da ist. Während der psychiatrischen Behandlung im Spital darf und soll man den Sozialarbeiter in Anspruch nehmen, es kostet nichts, auch ein Patientenanwalt kostet nichts, es kann jeder Mensch in Österreich überleben. Doch von den vielen psychisch Kranken, die auf mehrfache finanzielle Hilfen angewiesen sind, wollen die wenigsten leben. Sie wollen gar nicht leben in dieser Mühle der Bürokratie, der Formulare, Wartezeiten, Erniedrigungen durch Ämter („the insolence of office“ hat Shakespeare gesagt, „Der Übermut der Ämter“). Sie wollen sterben, es hat ihr Leben keinen Sinn, wenn sie herumgejagt werden, von einer Adresse zur andern, oft frierend, denn zum Anziehen haben psychisch Kranke, die mittellos sind, nicht immer genügend Warmes im Winter. Sie sammeln abgerauchte Zigaretten ein, „Tschick-Arretieren“, sie betteln und schnorren im Krankenhaus, machen sich bei geizigen Mitpatienten unbeliebt, wobei der Geiz von psychiatrischen Patienten etwas Relatives ist: Jeder muss haushalten mit seinem Arbeitslosengeld, Krankengeld, Sozialhilfe, es verhungert niemand, doch hin und wieder erfriert einer oder eine freiwillig im Winter, denn dieses Leben ist kein Leben mehr, das wird einhellig immer wieder gesagt. Angeschnauzt von einer Krankenschwester, schnell abgefertigt von einem Arzt, bedroht (mit Einsperren) von einem Pfleger, als „Schmarotzer“ beschimpft von meist freiheitlichen Mitbürgern, als unnützer Esser selbstempfunden, man meint ja, als psychisch Kranker sei man der letzte Dreck der Welt.

Der betuchte Patient kann mit seiner Zusatzversicherung ein hübsches Einzelzimmer bekommen in einer entsprechenden Klinik. Doch gibt es Menschen, die gehen trotz Zusatzversicherung lieber auf die Baumgartner Höhe. Denn dort wird sachlich betreut, es gibt gleiches Essen für alle, der Sandler neben mir bekommt ein genau so gutes Schnitzel wie ich, er ruft noch „Habts ihr ka Mehlspeis?“, er nimmt sich kein Blatt vor den Mund, er kann entmündigt sein, einen Sachwalter also haben, der bringt ihm sein Taschengeld, und dann „sandelt“ er herum, es kommt dann zum Beispiel auf der Baumgartner Höhe manchmal zu Kulturkämpfen. Auf der Baumgartner Höhe ist es warm im Winter und keiner friert drinnen.

„Entschuldigen Sie bitte, aber hätten Sie für mich einen Euro?“ Ob auf der Mariahilferstraße oder in Steinhof, „ich möcht’ mir was zum Essen kaufen“, „ich brauch a paar Euro für die Nacht im Obdachlosenheim“, „haben Sie, bitte, eine Zigarette für mich?“, da muss man eben in die Tasche greifen in Österreich, ob auf der Straße oder in so einem Spital, wie es das Otto Wagner Spital ist. Arm und weniger arm trifft sich dort, wie auch auf dem Sozialamt. Der eine ist immer arm, der andere nur vorübergehend. In Österreich muss kein Mensch verhungern, es verhungern die Menschen seelisch. Eine wohlhabende Dame, sie wohnt im ersten Bezirk, und sie wohnt wunderbar behaglich, klagte, sie sei so einsam, sie würde gern unter einer Brücke schlafen, damit sie nicht immer so allein ist. Eine andere Dame erzählte mir stolz, sie sei schon oft auf der Baumgartner Höhe gewesen, nämlich jedes Mal, wenn sie sich selbst einliefern habe lassen, weil „ich sonst meine Wohnung angezündet hätte, ich war so allein.

Ich war so allein, niemand hat sich um mich gekümmert, ich habe den Mist nicht mehr hinuntergetragen, ich habe nichts mehr gegessen, ich habe mich nicht mehr auf die Straße getraut, ich bin nicht mehr aus der Wohnung gegangen, ich habe Angst gehabt, ich habe dann die Rettung angerufen." Der eine wird aufgepäppelt mit dem guten Steinhofer Essen (bitte nicht gleich wieder Budget kürzen, danke) und mit Vitaminsäften. Der andere bekommt Infusionen, weil er, obwohl er noch nicht sechzig ist, aussieht wie achtzig oder neunzig. Geld hat er auch keins, das ja einer der Teufelskreise. Man schämt sich, weil man kein Geld hat und aufs Sozialamt muss. Man schämt sich immer mehr, sodass man Depressionen bekommt, Selbstmordgedanken, noch mehr Depressionen, dann entschließt man sich, nichts mehr zu essen und so dem Leben entgegenzuwirken, man verhungert lieber als dass man sich noch einmal auf dem Amt anschnauzen und ohne Geld heimschicken lässt (Sadisten gibt es auf der ganzen Welt in jedem Beruf), man wird schwächer und schwächer, und es sind schon viele in solchem Zustand aus dem Fenster gesprungen, haben sich etliches gebrochen dabei, nur das Genick nicht. Sie sitzen schon mit Krücken daheim, im Rollstuhl. Sie werden, wenn sie sich wieder einliefern lassen mit Krücken und ihrem eigenen Rollstuhl eingeliefert. (Oder vielleicht steht einer Einlieferung samt eigenem Rollstuhl bürokratisch etwas entgegen.)

Es kommt ja niemand zu dir, wenn du psychisch krank bist. Allen erscheinst du fad. Du hast immer Depressionen, du lachst nie. Du wäschst dich nicht mehr, du riechst nicht gut, du hast langes, fettes Haar, deine Kleidung ist nicht nur nicht gebügelt, sondern auch nicht sauber. Die Tabletten gehen einem aus, wenn man sich zuhause mehr und mehr verwahrlosen lässt, man schafft ja den Gang unter die Dusche nicht, die Bewegung ins G'wand, man schafft weder den Weg zum Arzt, der das Rezept erneuern sollte, noch den in die Apotheke, auch nicht zum Psychosozialen Notdienst, auch nicht aufs Sozialamt, man hat keinen Groschen mehr und keine Tschick, und bei vermehrten Selbstmordgedanken kommt eine starke Unruhe, man hat Angst, gleich wahnsinnig zu werden, und in mehr oder weniger solchen Zuständen (arm, weniger arm) kommt es dann zur Panikhandlung oder Notruf Rettung „Bitte, holen Sie mich ab … ich heiße … ich wohne … ich bin … Jahre alt …" Es ist noch jedes

Mal die Rettung gekommen, aber „Hätten S‘ net mitn Bus fahrn können, gnä Frau“, „Hätten S’Ihna ka Taxi nehman können“; „Da, gnä Frau, Ihna Tax ...!“ sagte einmal ein Rettungsmann zu mir, als er mir die Tür zum Rettungswagen öffnete.

Die Demütigungen im Zusammenhang mit Geld beginnen schon in der Kindheit. „Nein, das kaufe ich dir jetzt nicht, das bringt dir das Christkind.“ „Nein, das kriegst du nicht, auch wenn andere Kinder es haben, es interessiert mich nicht, was andere Kinder haben!“ („Nimm dir ein Beispiel an anderen Kindern!“) „Das Studium zahle ich dir nicht, weil ...“ „Eine Wohnung brauchst du nicht, für dich genügt ein Untermietzimmer“. Beim Geld hört sich ja angeblich die Freundschaft auf. Gewiss auch die Liebe. Die Sozialhilfeempfänger mit dünner Haut, sagen wir, sensible Menschen, solche gibt es in jedem Beruf, in jeder Schicht, auch ein Bauarbeiter, Hilfsarbeiter kann an Depressionen leiden, und diese Menschen auf Ämtern werden oft sehr bewusst gedemütigt, sozusagen von Vornherein gleich einmal bestraft dafür, dass sie kommen.

Vom Sozialhilfeempfänger zum deklariert psychisch Kranken ist es oft ein direkter Weg. Sozialhilfe braucht ein Mensch, weil er oft seelisch nicht mehr in der Lage war, gewisse Arbeiten zu tun. Er trank Alkohol, vertrank alles, auch seine Gesundheit, seine Nerven, und was aber besonders widerwärtig ist, das ist der Umgang mancher Behörden mit dem Begriff „psychische Probleme“.

Es ersticht jemand einen Mitmenschen, und schon am Tag nach der Tat berichtet ein Reporter, der Täter habe „möglicherweise psychische Probleme“. Dieses ist sehr unklug, Diagnosen gleich zu stellen, Erklärungen zu Untaten zu geben, denn psychische Probleme führen an erster Stelle in den Selbstmord und nicht dazu, dass ein Mensch andere umbringt. Es ist daher auch an der Zeit, nicht nur das Benehmen und Betragen der Sozialbeamten zu untersuchen, sondern auch, wie schon oft gefordert, Aggressive und Autoaggressive nicht gemeinsam psychiatrisch unterzubringen. Der Selbstschädiger soll nicht mit jemanden, der gern andere schädigt, beisammensein müssen.

Ich erhielt einige Briefe von Ärzten, aber auch ein Telegramm eines „Leidensgenossen", der telegraphiert, er könne mir helfen. Auf diesem Wege möchte ich danken. Im November und Dezember 2004 durfte ich im AKH auf Krankenkassenkosten eine Verhaltenstherapie erleben, die mir sehr geholfen hat, und ich bin seit Monaten weiterhin ambulant in Verhaltenstherapie, wobei ich meinen Dank aussprechen möchte der Abteilung 5B, AKH-Psychiatrie, Station Professor Dr. Gerhard Lenz.

Psychische Krankheiten können nicht immer geheilt werden, doch kann man es lernen, mit ihnen zu leben. Die Verhaltenstherapie gibt einem ein Instrumentarium, Suizidgedanken oder gar -zwänge abzuwehren. „Die Welt des Glücklichen ist eine andere Welt als die des Unglücklichen" sagte Jean Amery.

Nachdem ich dies nun geschrieben habe, was ich heute, am 22. November 2005 an den Czernin Verlag schickte und was ich heute in der „Presse" abgeben werde, möchte ich noch erzählen, dass ich immer, wenn ich höre, dass jemand den Freitod gewählt und erlangt hat, frage, wie hat er, hat sie es denn gemacht. Von wie hoch gesprungen, wohin. Was für Tabletten eingenommen, und ich erkundigte mich heuer nach der genauen Dosis, habe sie notiert, habe voriges Jahr schon Kontakt aufgenommen zu einem Todeszentrum, es gibt ja Vereine, die führen einen nach Holland, Belgien oder in die Schweiz, jedenfalls, ich weiß ein paar Adressen, und besser wäre es aber, man ließe uns, wenn man uns nicht schützen will, zuhause sterben, mit dem Medikament, das Gift ist, zugegeben, Gift, das wirkt, und nicht ein Gift, von dem man halb vergiftet, verblödet, gelähmt usw. aufwacht.

Er wolle keine Kultur des Todes, schrieb ein Leser, in der „Presse". Es tut mir Leid, ich muss es erwähnen, dass wir alle lieber sterben als so weiterleben in Österreich,

Land des Wolfgang Mozart,

Amen.

Der *Prosecco* hatte mich in eine goldene Stimmung versetzt. Nun wollte ich es wagen und liebevoll mit der Mutter telefonieren. Ich wählte ihre Nummer, sie meldete sich mit leiser Stimme, irgendwie befremdet, dass man sie anrief, es war vielleicht neun oder zehn Uhr Abend. Ich weiß nicht mehr viel von dem, was ich sprach. Hauptsächlich bemühte ich mich, ihr beizubringen, dass man einem Menschen seinen Selbstmord nicht verübeln durfte, und ich redete, wie mir vorkam, zärtlich mit ihr, und nachdem ich aufgelegt hatte, war ich angewidert von mir selbst und ihr und vollkommen erschöpft. Wieder hatte ich ihr nur schön getan, anstatt mein Unglück in den Hörer zu schreien.

Aber mit *Prosecco* war ich ja nicht unglücklich. Die Wirkung ließ nur irgendwann nach, auch hatte ich zu viel getrunken. Am Abend vorher war ich volltrunken aus dem Haus gegangen, mich fragend, ob nicht eine Frau genau so wie ein Mann betrunken gehen dürfe. Ich war zur Trafik balanciert, mich im Gleichgewicht haltend, dann zurück nachhause, dann schlief ich viele Stunden. Am nächsten Tag sagte der Trafikant, eine Kundin habe ihn aufmerksam gemacht auf meinen ungewöhnlichen Zustand, woraufhin er mir gefolgt sei nachhause und an meiner Wohnungstür lange geklopft habe.

So weit war es schon gekommen.

Nun das vergebliche sanfte Einreden auf meine Mutter, ohne dass sie die Frage stellte, die ich zu hören hoffte. Soll ich dir beim Sterben behilflich sein? Sie fragte es nicht, ich hätte bejaht. Sie rief nur, wie es mir nun wieder im Gedächtnis ist, sie würde sich sogleich in ein Taxi setzen und zu mir kommen. Ich gelobte ihr, das sei nicht nötig, denn ich wünsche mir eine Mutter, die einfach kommt, die nicht ankündigt, dass sie kommen wird oder gar fragt, ob sie es tun soll. Sondern wenn ihr an mir lag, dann konnte sie ja eines Tages auftauchen, meinetwegen mit dem Taxi oder sonstwie.

Mein Blick fiel auf die hundert kleinen weißen Tabletten in der Porzellanschale, die ich täglich auf dem Tisch stehen hatte, und es durchjagte mich ein böser Wille: Jetzt!

Ich nenne den Willen, diesen plötzlichen Entschluss, einen bösen, weil ich wusste, dass es feige ist, sich hinwegzustehlen. Ich würgte die Tabletten, Antidepressiva, in mich hinein. Sie schmeckten bitter und waren sehr trocken. Ich goß mit dem *Prosecco* ausgiebig nach, dann gibt es keine Erinnerung mehr als die, dass ich hart liege und fröstle. Ich schlug die Augen auf und sah vor mir die Vorzimmerwand und die Wohnungstür. Hinter mir der Schreibtisch. Ich wollte mich bewegen, aber Hals und Arm waren gelähmt. Ich war durstig. Immer wieder fröstelte mich. Es wunderte mich, wo und wie ich lag. Dann fiel mir ein, was ich getan hatte.

Nun wollte ich nur trinken, Wasser, ich war durstig. Und nicht etwa hatte ich Angst vor dem Sterben. Aber ich brauchte Wasser, und ich wollte im Bett liegen. Mühsam robbte ich mich rückwärts, unter dem Schreibtisch durch. Er grenzt zur Hälfte das Arbeits- und Schlafzimmer vom Vorzimmer ab, da ich die Tür entfernte vor vielen Jahren schon. Ich zog mich mit dem beweglichen Arm empor, erwischte ein Trinkglas, in dem ein wenig laues Wasser war, leerte es aus und robbte mich auf gut Glück zum Bett, wo ich auf dem Kästchen ein zweites Glas erwischte, in dem ein wenig laues Wasser war. Ich trank gierig, zog mich aufs Bett, kam endlich so zu liegen, wie ich liegen wollte, hoffte weiterzuschlafen, da klopfte es an die Tür.

Die nach einigem Manipulieren an der Tür eintretenden Männer sagten, von meiner Mutter seien sie verständigt worden. Polizei, Rettung. Sie traten an mein Bett, ich war erlöst. Das Wort „Mutter" zu hören und wissen, dass ich bald zu trinken bekommen werde und mir gegen die Lähmung hoffentlich auch bald geholfen werden wird. Starke Scham, als sie mich auf ihre Trage katapultieren, die Aufforderung, ich solle mich nicht so schwer machen, aber ich bin sprechunfähig, ich kann nicht sagen, dass ich zur Hälfte gelähmt bin. Es fühlt sich an, als wären Hals und Arm aus Stein.

Sie tragen mich aus der Wohnung, einer drückt mir den Schlüsselbund in die Hand, „Ihnere Schlüssel!", dann steigen sie mit mir auf der Bahre die Stiegen hinab, und ich frage mich, wo die Nachbarn sind, neugierig in den Türen stehend? Gut, dass die Männer mir den Kopf zugedeckt haben. Ich sehe nichts und werde nicht gesehen. Was immer dann sein wird, ich schäme mich, aber ich möchte bald etwas trinken oder sterben oder die Lähmung loswerden.

Das habe ich so genau erzählt wegen der Gefahr, in die man sich begibt, wenn man den Tod sucht, nur durstig, bewegungsunfähig zu sein, jämmerlich zugrunde zu gehen, langsam und qualvoll, es war die Mutter, denke ich, die Mutter, die Mutter.

Eine Nacht, einen Tag, noch eine Nacht bewusstlos gelegen, von Samstag Abend bis Montag Früh. Ich erfahre das, dass es Montag Früh ist. Sie schieben mich in einen Krankenwagen, wir fahren motorisiert, sie rollen mich in einen Saal, in dem ich auf einen Liegetisch gehievt werde. Mehrere Menschen stehen um mich herum. Ein Mann sagt: „Wir geben Ihnen jetzt etwas zu trinken. Es ist sehr bitter. Es schmeckt gar nicht gut. Es ist Kohle, mit der wir Sie entgiften. Versuchen Sie das zu trinken, sonst werden wir, was aber dann sehr unangenehm sein wird, mit einer Sonde das Gift aus Ihrem Magen herausholen."

Ich trinke das schwarze Zeug ohne Schwierigkeiten. Es mag scheußlich schmecken, aber scheußlicher ist es, gelähmt zu sein, halb vergiftet, halbtot nur. Dann macht sich jemand zu schaffen an meinem Unterleib. Es wundert mich, dass niemand mich tadelt oder anschreit.

Ich weiß nicht mehr, wie lange ich dann geschlafen habe, ich glaube es war bis Dienstag Früh. Das Exkrement mit der Kohle ging in eine Schüssel, die mir unter das Gesäß geschoben worden war. Bedauernswert, dachte ich, denen wird es grausen.

Sie baten mich dann von der Liege herunter. Auf einem Stuhl sitzend erhielt ich ein Frühstück. Jemand kämmte mir das Haar. Ich wurde gefragt, ob ich bei einem psychiatrischen Arzt in Behandlung sei. Ich nannte den Namen des Oberarztes von der Baumgartner Höhe. Und dass ich dorthin gebracht werden wolle, sagte ich.

Wieder Autofahrt, dann werde ich in einen Lift geschoben und in den großen Saal im Pavillon 10, Ebene 2.

Hier bin ich die Frau Schwaiger, die man eh schon kennt. Wenn sie unter *Valium* ist, flüssiges *Valium*, *Psychopax* genannt, es schmeckt bitter und wird einem auf Wunsch oder auch ganz selbstverständlich ohne Befragung mit Kindersirup, sehr süß, gemischt. Es erzeugt dieser Sirup ein Geborgenheitsgefühl. Das ist der Saft, den schon die Mutter gab, *Sanostol*. Oder auch ohne Versüßung. Wenn man auf *Psychopax* süchtig ist, macht einem der bittere Geschmack nichts aus. Ich sage, dass ich kein *Psychopax* will und auch sonst nichts, dass es mich vor Tabletten ekelt.

Viele Tage sitze ich herum ohne Geld, ohne zu rauchen, in dem weißen Halbkittel, den mir das Wilhelminenspital angezogen hat.

Von früh bis spät Schweißausbrüche, ich sauge die Atmosphäre ein, diese faszinierend kalte Atmosphäre des „Steinhof", in der ich mich aber schon auskenne. Es wundert mich, dass die Ärzte nichts Näheres fragen. Ich gehe mir Geld borgen von einem der Ärzte und rufe meine Mutter an. Das Telefonat mit dem alten, schwarzen Münzapparat erscheint mir immer als Glückssache. Es ist Jänner. Ich fantasiere ständig damit, in der Nacht in die Kälte hinauszulaufen. Ich rufe meine Mutter an, um ihr zu danken für die Rettung. Sie läßt mich nicht ausreden. Sie sagt, sie sei froh, erfahren zu haben, dass ich nur wenige Tabletten geschluckt hatte. Dann schildert sie minutiös, wie es ihr ergangen war nach dem langen Telefonat, und wie sie sich dann durchgerungen habe, als mein Telefon, da anscheinend schlecht aufgelegt, nur Besetztzeichen gab, die Ergotherapeutin anzurufen, die sie persönlich kannte, um sich mit ihr zu beraten, ob sie die Polizei verständigen solle. Das alles schildert sie so aufgeregt und wie zur Rechtfertigung, und ich komme nicht zu Wort. Mutti, du hast mich bewahrt vor einem schrecklichen, langsamen Ende, möchte ich sagen, „Es waren hundert!" rufe ich, „Hundert Tabletten!", aber sie redet weiter.

Nicht einmal die Wahrheit kann ich ihr sagen, denke ich. Sie will die Wahrheit nicht hören. Ich habe drei nicht angenehme Schwestern, eine ist Ärztin, sie hat mit dem Oberarzt telefoniert und der Mutter dann das von den wenigen Tabletten mitgeteilt. Ich frage den Oberarzt, warum er das sagt, wenn es doch hundert waren. Er antwortet, er habe keine Zahl genannt, sondern nur erwähnt, dass die Dosis nicht toxisch gewesen sei.

Ich erzählte niemandem von der halbseitigen Lähmung, weil mich niemand fragte. Nun die Mutter aufzuklären über ihr wundersames Retten wäre nicht gut, denn die Schwestern oder der Oberarzt haben schon alles verharmlost.

Es fragt mich auch niemand, warum ich das getan habe. Suizidanten werden, glaube ich, jeden Tag mindestens einer in Wiener Spitälern eingeliefert. Es ist nicht genug Zeit, sich mit den Patienten zu befassen, ich sitze hier so wie andere, es muss Zeit verstreichen, es sollen neue Medikamente ausprobiert werden. Ich habe aber keine Depressionen, ich bin geschockt.

Nie wieder einen Selbstmordversuch, hatte ich mir nach dem zweiten geschworen, und wenn, dann auf Nummer sicher. Nie wieder zu wenig Tabletten einnehmen und nach einigen Tagen erwachen. Das ist jetzt der dritte gewesen, ich nenne es nicht Versuch, ich nenne es Suizid, denn die Absicht zählt. Ich wollte tot sein. Wie immer das funktioniert, der Vater hatte, selbst im Sterben liegend, beim Anblick meiner Packung Antidepressiva gesagt: „Wenn man hundert schluckt, ist man tot."

Ich war ihm, es ist bald dreißig Jahre her, dankbar für die Aufklärung.

In den Wochen danach zuhause erinnert mich die Wohnung an das, was ich getan habe. Ich möchte es wiederholen, Suizid, aber mit anderen Mitteln. Der Drang, mich von irgendwo hoch hinunterzuwerfen, wird so stark, dass ich verzweifelt eine Therapeutin anrufe. Sie sagt, ich solle mich sofort einweisen lassen. „Aber nicht ins AKH! Auf die Baumgartner Höhe musst du! Dort ist alles grün jetzt im Frühling!"

Es ist das Jahr 2004, ich bin fünfundfünfzig Jahre alt. Die Mutter hat mir nicht zum Geburtstag geschrieben wie sonst jedes Jahr. Ich stelle zwei große Bierhumpen voll kaltem Wasser aufs Nachtkästchen, schlucke alle Tabletten, die ich habe, es ist der 18. April, der Geburtstag der Mutter, mit einem scharfen Getränk, weiß nicht mehr, ob Wodka oder Gin, dann erwache ich auf dem Fussboden zwischen Küche und Badezimmer. Ich merke, dass ich in eingetrocknetem Erbrochenen liege.

Vier oder fünf Tage war ich bewusstlos, ohne Durst. Ich verstehe nicht, wie ich überleben konnte. Und diese unheimliche Beweglichkeit: bewusstlos sein und dennoch das Bett verlassen, um erbrechen zu gehen. Bewusstlos in einer Übelkeit, was ist der Mensch, dass er, ohne es zu wissen, sein Bett verläßt und den richtigen Weg einschlägt. Ich taste mich verwundert die Wände entlang, der Anrufbeantworter blinkt, es sind viele Anrufe verzeichnet.

Ich bade und wasche mir das Haar, ziehe mich an, verlasse die Wohnung und mache zwei Erledigungen, Fotogeschäft und Postamt. Im Fotogeschäft lasse ich mich fotografieren.

Wieder beginnt das innere Drängen, ich soll mich von irgendwo hoch hinunterstürzen. Ich rufe voll Verzweiflung meine Tante an.

Sie sagt, ich solle mich in den Zug nach Graz setzen, aber ich fühle mich nicht reisefähig. Mit letzter Kraft wähle ich die Telefonnummer der Rettung, nehme die Geldbörse und die Schlüssel und warte vor dem Haus.

Auf dem Gehsteig wird mir das Warten mit meinen Schmerzen zur Qual. Ich fahre mit den Händen an der Hausmauer auf und ab. Es ist immer diese Mauer, die bürgerliche Fassade meiner Mutter. Die starre, ablehnende und sich verschließende Frau. Mit dem Suizid intus läßt es sich dennoch freundlich sein, höflich, zuvorkommend, bescheiden, liebevoll, früher badete ich täglich, wusch das Haar, schminkte mich, zog mich gut an, ging manchmal in Gesellschaft, fragte mich, wie viele von den Freundlichen, Bescheidenen, Höflichen, Zuvorkommenden den Suizid intus hatten und ob es nicht gescheiter wäre, darüber miteinander zu sprechen als sich an das Reglement zu halten. Wenn dann einer tot ist, ja, hätte er doch nur etwas gesagt. Es war ihm nichts anzumerken. Ich habe viele Jahre verbracht in dem Bestreben, man solle mir nur ja nichts anmerken. Da einem ohnehin schon alles gleichgültig geworden ist, höflich anderen den Vortritt lassen, und vielleicht sind die Überhöflichen nicht falsch, sondern nur suizidgefährdet. Mit dem Auto besonders schnell fahren weil eh schon alles egal ist. Rauchen, denn an irgendetwas muss man ja sterben, je früher, desto besser. Mit dem Suizid intus tut es gut, lange mit der Straßenbahn zu fahren, denn hier kann man es nicht tun. Das Umsteigen wird problematisch, denn da fahren Autos, und es wäre doch das Beste, mit dem Kopf voran vor ein solches Auto zu stürzen. Ist man auf der drüberen Seite ins nächste öffentliche Fahrzeug eingestiegen, hat man wieder Schonfrist. Den Suizid intus sieht man einem Menschen nicht an. Manche gehen besonders stolz. Was könnt ihr mir noch anhaben, ich bringe mich sowieso um. Weiß nur nicht, wie und wann, doch dass ich es tun werde, darüber besteht kein Zweifel. Mir ist nicht zu helfen. Einmal eine stark und schnell befahrene Straße achtlos überqueren. Schwester Lucie sagt: „Wie kommt denn ein Autofahrer dazu, dass er mit seinen PS die BS tötet? Das kannst du dem Autofahrer doch nicht antun. Rücksichten sind zu nehmen. Mit Rücksicht auf Arzt und Apotheker tötet man sich wahrscheinlich am besten mit einer Feuerwaffe, die man im illegalen Handel erworben hat. Gäbe es eine garantiert sichere Todespille im freien Handel, würde es bald sehr viel weniger Menschen auf Erden geben und wären soziale Probleme größtenteils gelöst.

Eine Psychose nennt man das. Mehr nicht. Sie wird mit Tabletten bekämpft. Schade, ich war so gut drauf. Das Leben war so abenteuerlich. Besonders in der Polizeistation, in der der Polizist sagte, oder wie ich ihn verstand, dass zwei Personen, die ich totgeglaubt habe, leben. Ich fragte den Polizisten nicht, woher er diese Nachrichten habe oder gar, ob sie wahr seien. Wenn man bei der Polizei ist, wird man nicht angelogen. Ich war so gut drauf gewesen. Ich hatte die Weltrevolution machen wollen von unserem Bezirk aus. Rebecca Romanow nannte ich mich und wusste nicht, warum mir das plötzlich einfiel. Alles war sonnenklar, ich stammte vom russischen Zarenhaus ab. Meine Mutter war eine Romanow und darum so tierliebend. Der Hochadel ist immer tierliebend und ißt kein Fleisch.

Als ich am 6. April 1949 in Freistadt geboren wurde, residierte dort die Rote Armee. Angeblich hatte ich bei meiner Geburt schwarzes Haar am Kopf und am ganzen Rücken. So trug ich mein Pelzchen, das mir später aber nicht half gegen die böse Halbschwester. Sie schlug mich, wann es ihr beliebte, ins Gesicht, und ich sehe heute noch den langen, mageren Arm, mit dem sie ausholte. Sie setzte mit Schwung an und ließ ihre Hand auf meine Wange klatschen. Einmal spürte ich ihre Knochen durch. Natürlich tat sie es nur, wenn es keine Zeugen gab. Sie hieß Heidrun und war die Finsternis meiner Kindheit. Bis heute ist sie nicht bereit, mich um Entschuldigung zu bitten. Sie sagt, sie erinnere sich nicht. Immer bemühe ich mich, es zu verzeihen und sogar zu vergessen, doch an Tagen wie diesen, an denen es draußen kalt ist und ich daheim stricke und wegen eines Defekts in der Heizung seit Wochen Tag und Nacht eine Wolljacke und einen Schal trage, fällt es mir wieder ein.

Um wie vieles anders wäre mein Leben verlaufen, hätte ich nicht diese Halbschwester gehabt. Und eine Mutter, die mich nicht gezwungen hätte, ins Gymnasium zu gehen und dann zu studieren. Das Gefühl, versagt zu haben und verformt worden zu sein, nämlich von Schlägen und Drohungen eingeschüchtert.

Hineingeboren wurde ich ins sanfthügelige Michelland an der Feldaist, in eine zweistöckige Familie mit der Hausnummer Stadt 145, was mir bedeutungsvoll erschien, da von der Zahl 45 oft die Rede war. Etwas war vor 45, ein anderes war nach 45. In unserer Gasse gab es einen Bäcker, einen Gastwirt und das Postamt. Ich hielt unsere Gasse für die beste der Welt. So wie ich auch der Überzeugung war, dass „Freistadt" der schönste Name war, den eine Stadt haben konnte. Freiheit erschien mir als das Höchste.

Erzogen wurde ich im Kindergarten der Armen Schulschwestern Unserer Lieben Frau, bei denen ich die vierklassige Volksschule auch besuchte. Danach hatte ich acht Jahre Gymnasium zu absolvieren, aus denen ich verstört hervorging. Wie soll auf Erden etwas besser werden, wenn man im Geschichtsunterricht immer nur von Kriegen hört und liest? Von der Tochter eines Fleischhauers wurde ich eingeladen, bei der Schlachtung einer Kuh zuzusehen. Es erschien mir als ein feiger Überfall. Natürlich aß ich weiterhin Wurst, Schinken, Schweinsbraten, Schnitzel, gefüllte Kalbsbrust, Backhendl, und erst mit sechsundfünfzig Jahren wurde ich Vegetarierin. Die Exkremente verbreiten keinen unangenehmen Geruch mehr.

Im Jänner 1972, ich war zweiundzwanzig Jahre alt, ging mir die Überzeugung, dass man lebt, weil man lebt, verloren. Ich stellte mir ein Nichtmehrleben vor, ein Sein oder Nichtsein ohne schmerzende Gedanken. Mein Gedanke war, den Eltern nichts als Sorge bereitet und sie Geld gekostet zu haben. Ich hatte schlechtes Gewissen wegen der Ausgaben, die mein Vater gemacht hatte bei einer Hochzeit, zu der Gäste eingeladen worden waren und die ich nicht gewollt hatte. Vollkommen beeinflusst und verzweifelt hatte ich einen Mann geheiratet, den ich nicht verlieren wollte. Er hatte mich vor die Wahl gestellt, ihn für immer zu verlassen und ihn als Mensch zu verlieren oder aber einzuwilligen in eine römisch katholische Heirat. Das Römisch-Katholische erschreckte mich. Ich fühlte mich eingeholt von einer finsteren Macht. „Bis dass der Tod euch scheidet." Ich wollte nicht mein ganzes zukünftiges Leben an der Seite dieses Mannes verbringen, der mich mit Tricks, ich wusste nicht, was für welchen, an sich gebunden hatte. Die Hochzeit fand statt. Ich bat Gott in der Kirche um Verzeihung für diesen Frevel, mit der Absicht zu kommen und nur nach außen „Ja" zu sagen, mit der Absicht zu kommen, die vom Priester gefügte Ehe nach zwei Jahren aufzugeben. Ich hatte mich bei der Hochzeit unglücklich gefühlt, als Lügnerin und Heuchlerin, und nun waren zwei Jahre vergangen, ich war wieder zuhause bei den Eltern, und ich wollte nicht mehr leben. Das teilte ich der Mutter mit, die daraufhin mit einer Schachtel, in der sich weinrote Dragees befanden, kam. In sechs Wochen würden diese „Depressionen", wie sie sagte, vorbei sein.

Einige Monate später schnitt ich mich mit einer Rasierklinge ins Handgelenk. Der Vater sah das Pflaster und fragte zynisch: „Nicht tief genug geschnitten?"

Ich fühlte mich vollkommen verlassen in meiner Situation. Über diese Verlassenheit täuschte mich der Alkohol hinweg. Jahre vergingen, in denen ich Beruhigungstabletten nahm und Alkohol trank, oft Wein mit zwei Schlaftabletten, und immer beim Einschlafen in solchem Rausch der Wunsch, nicht mehr aufzuwachen. Ich begab mich in verschiedene Therapien und machte mehrere Suizidversuche. Zuletzt zwei mit fünfundfünfzig Jahren. Ich verkraftete das Altwerden schwer und mit Bitterkeit. Ich habe ja noch gar nicht gelebt, sage ich mir. Ich übe zeitweise den Beruf einer Schriftstellerin aus, wobei ich wegen meiner Unfähigkeit zu schreiben vom Staat Geld erhalte seit gut zehn Jahren, und es ist wieder das Geld, das mir schlechtes Gewissen macht. Ein unnützer Mensch sein. Vielleicht nehmen manche andere es leichter, aber von Sozialhilfe zu leben, bereitet ein unangenehmes Gefühl. Was ist, wenn der Staat mich vollends fallenläßt, ende ich dann in der Gosse? Rechtens müßte ich zu den unzähligen Obdachlosen gehören, die es in dieser großen Stadt, Wien, gibt, denn vor Gott sind alle Menschen gleich, und warum habe ich ein Obdach, und andere haben es nicht? Warum habe ich Parkettboden und Gasheizung, und andere erfrieren wieder in diesem kalten Winter. Vor kurzem geschah es, dass ein Mann, der in einer Altpapiertonne schlief, von der Mechanik der Altpapierwiederverwertung zu Tode gedrückt wurde. Und wie viele Menschen erfrieren in allen diesen Wintern, und so gehen die Gedanken mir im Kreis, zu den Tieren hin, die auf Transporten gequält und dann geschlachtet und gegessen werden. Ist damit, dass ich wieder in die Psychiatrie gehe, „Ich bin heraußen nicht mehr lebensfähig!" etwas Sinnvolles getan? Ich sitze dort herum, werde durchgefüttert auf Staatskosten, wobei mir nicht der Staat Leid tut, sondern ich. Und nun nicht in Selbstmitleid zerfließen, sondern vielleicht ein gewisses Maß an Selbstmitleid haben, damit, dass es mit mir, wie es mir erscheint, auf dieser Erde nichts und nichts wird. Ein paar Bücher veröffentlicht habend, die schon vergessen oder fast vergessen sind. Was bin ich denn, wer bin ich. Ein Mensch, der niemals fähig war, sich eine Wohnung gemütlich einzurichten. Bis heute finde ich die meiste Zeit meine Wohnung unerträglich. Dabei brauchte ich mir doch nur das Schicksal der Obdachlosen vor Augen zu halten und könnte glücklich sein. Ich bin aber nicht glücklich.

Ich möchte nicht auf Staatskosten durchgefüttert werden und ein minderer Mensch sein. In der Psychiatrie ist man doch ein minderer Mensch. Wir leisten nichts, wir haben Hunger und Durst, wir sitzen herum, schauen in die Luft, wir sind eine Ansammlung von Kranken verschiedener Art, wir langweilen uns vom Morgen bis zum Abend und fühlen uns durch Mitpatienten belästigt. Ich möchte nicht zu denen gehören, die den ganzen Tag blöde dreinschauen. Und stelle mich doch an ums Frühstück wie sie. Ich möchte nicht in einen Topf geworfen werden und bin doch im selben Topf.

Es war das Geld, womit man mir immer schlechtes Gewissen machte. Das Geld, das Geld. Ich kostete zu viel. Es ist auch jetzt wieder das Geld. Das Geld vom Steuerzahler. Es widert mich an, in den Zeitungen zu lesen über Millionen- oder Milliarden-Euro-Beträge. Nachrichten über Geld betrüben und bedrücken mich. Warum schreibt man Zahlen, unter denen wir uns nichts vorstellen können? Warum hören wir im Radio solche hohe Zahlen? Wer kann denn mitdenken bei einem Millionen- oder Milliardenbetrag? Und das viele Gerede über diese „EU". Als hätten sie das Gold erfunden. Angewidert bin ich auch von den riesigen, ganzseitigen Inseraten in Tageszeitungen, von den großflächigen Berufsvermittlungs-Annoncen, vom Wort „Job". Angewidert von den Handys und ihren rücksichtslosen Benutzern. Es ist eine Seuche. Dazu die Seuche der Werbung und der verblödenden Fernsehprogramme. Besonders deprimiert haben mich in der letzten Zeit auch die geist- und witzlosen pornografienahen so genannten „EU"-Plakate. Doch deprimiert mich eigentlich alles, was mit „EU“ zusammenhängt. Mich deprimieren die vielen armen Ausländer bei uns, die vielen Arbeitslosen, und ich verstehe nicht, wozu wir einen Finanzminister brauchen, der den oberen Zehntausend angehört. Es ist eine Schande für unser Land, und ich kann keine Zeitung mehr aufschlagen und keine Sendung mehr im Radio hören, ohne deprimiert zu sein. Dazu das schlechte Deutsch vieler derer, die sich interviewen lassen. Seit einigen Tagen drehe ich das Radio nicht mehr auf. Es ist still in der Wohnung, bis auf den Lärm, den die Schreibmaschine noch hin und wieder verursacht. Es geht mir *seelisch nicht gut.* Wie oft habe ich das in den letzten Jahren gehört: „Wenn es Ihnen seelisch nicht gut geht. Zwingen Sie sich zu nichts, wenn es Ihnen seelisch nicht gut geht.“ Irgendwann, hin und wieder, fällt mir ein, dass ich in der Ferne einen Sohn habe. Er wohnt im zwanzigsten Bezirk, ich habe ihn zuletzt zu Weihnachten 2004 zufällig auf der Straße getroffen. Er kam 1987 zur Welt und ist schon achtzehn Jahre alt.

Ich möchte mich umbringen, weil. Dies ist kein ausreichender Grund. Sie müssen das begründen können, sodass wir Ihnen den Freitod gestatten dürfen. Ansonsten, wenn Sie uns nicht überzeugen, sehen wir uns veranlasst, Sie an der Ausführung Ihres Vorhabens zu hindern. Wir sind verpflichtet, Ihr Leben zu retten, so wenig lebenswert und unwichtig es Ihnen auch erscheinen mag. Wir lassen uns nichts nachsagen. Etwa, dass wir Mörder sind. Auf Beihilfe zum Selbstmord steht hohe Gefängnisstrafe. Glauben Sie, unsereins hat Lust, ins Gefängnis zu gehen? Und was wollen Sie überhaupt mit Ihrem Tod bezwecken? Was versprechen Sie sich davon? Wer wird denn die Abtransportierung und das Begräbnis bezahlen? Verzeihen Sie, das war natürlich nur zynisch gewitzelt. Ab fünfzig sollte jedem Menschen mit einer Todespille die Möglichkeit gegeben werden, sich umzubringen? Da hätten wir ein Massensterben! Und wer sollte alle die Leichen abtransportieren und begraben? Von was für einem Geld? Sie belasten dadurch nur den Steuerzahler! Und dann ist auch die Gefahr gegeben, dass einer, der eine Todespille hat, sie einem anderen, der nicht sterben will, ins Getränk mischt. Gewiss, es würde dann nicht der Altenpflege bedürfen. Ja, es ist richtig, dass viele Alte gar nicht leben wollen. Aber wir dürfen das Selbsttöten nicht erlauben. Das würde dann einreißen! Nein, das sind ungeziemende Gedanken, disfunktionale. Begnügen Sie sich damit, dass Sie hier bei uns sind. Vielleicht finden Sie jemanden, dem es so geht wie Ihnen, dann können Sie sich mit ihm unterhalten. Aber Todeswille und Freiheit zum Freitod im Spital: Bitte, nein. Erinnern Sie sich an die Euthanasie durch die Nazis! Es gibt keine Euthanasie für Sie! Schluss jetzt! Wenn Sie sterben wollen, bitte, es steht Ihnen frei! Aber Sie sind hier bei uns, weil Sie leben wollen.

Ich bin nicht im Spital, weil ich leben will, sondern weil ich sterben will in einer freundlichen Umgebung. Ein letzter Blick auf ein Spitalfenster, ein Krankenbett, auf eine freundliche Schwester, einen freundlichen Arzt, und dann ab ins Dunkel. Es soll mit Sicherheit sein und nicht herumgepfuscht und dann lächerlich wieder aufwachen. Ich war mir selbst lächerlich nach jedem Versuch. In einem Spital, wo es üblich ist, dass Menschen sich einliefern, die mit der Welt draußen nichts mehr zu tun haben wollen. Und nicht verlegt werden auf eine andere Station und dann „Wir müssen jetzt daran denken, Sie zu entlassen! Wir brauchen das Bett! Oder wollen Sie ins AKH überstellt werden?" Dann im AKH die glänzenden Gänge, das viele Metall und Plastik, dieses moderne Haus, Psychiatrie, mit den vorherrschenden Farben orange und grün, glaube ich, den plastikbedeckten Tellern, die klinisch saubere Umgebung, steril, es gibt nichts zu kritisieren, was die Sauberkeit betrifft, es wischen täglich die Putzfrauen, oft Ausländerinnen, sodass man sich vor dem Ausland schämt, als nutzlose Österreicherin in einem Bett zu liegen. Was heißt denn krank. Ich bin nicht krank. Ich gehöre nur vergast. Das ist in mir so seit über dreißig Jahren, dass ich es nicht verdiene, auf Erden zu sein. Da ich nicht Medizin studiert und den Vater so tief enttäuscht habe. Ich verdiene es nicht zu atmen und habe deshalb schon einmal ein Erstickungserlebnis gehabt im Schlaf. Es war so fürchterlich, dass ich mich den ganzen darauffolgenden Tag lang mit Grausen und Entsetzen daran erinnerte und schon deshalb nicht mehr leben wollte. Das Fürchterliche und Nutzlose an den psychiatrischen Anstalten ist, dass man sie wieder verlassen muss. Ausgestoßen, nachdem man *aufgenommen* worden war. „Wir nehmen Sie bei uns auf", wie heimelig das klingt. Von Heimeligkeit ist aber dann nichts mehr zu merken.

Einen ausreichenden Grund müssen Sie uns nennen, einen, den wir akzeptieren können, und selbst dann dürfen wir Sie nicht gehen lassen. Wenn eine von Ihnen während des Spitalsaufenthalts sich in der Toilette einsperrt und eine Überdosis schluckt, dann befreien wir Sie aus der Toilette und zeigen Ihnen nicht etwa, wie Sie es besser machen können, sondern geben Ihnen viele Medikamente täglich zu schlucken, denn, wie gesagt, wir müssen Ihr Leben retten, und es würde auf die Klinik zurückfallen, wenn Ihnen ein Selbstmord in unseren Wänden gelänge. Wir würden dann zur Verantwortung gezogen werden und nichts als Scherereien haben. Obwohl es, was Ihren Suizid draußen betrifft, nicht streng ist. Wir können niemanden ein Leben lang einsperren, damit er sich nicht umbringt. Wir können auch nicht hinter jedem herlaufen und herfragen. Es ist schon gut, wenn Sie freiwillig zu uns kommen, wenn es wieder einmal so weit ist, dass Sie nicht mehr leben wollen, und wir kriegen Sie wieder hin, zumindest für einige Zeit. Es ist ja doch immer wieder gegangen, inzwischen, oder? Und es hat ja auch schon bessere Phasen gegeben. Es ist Ihnen zwischendurch ja immer wieder gut gegangen.

Seelisch gut. Die Welt ist ein Dreckhaufen, aber mir geht es seelisch gut. Die Welt ist wunderbar geordnet und bestellt, und es gibt an ihr nichts zu verbessern, und mir geht es seelisch gut. Wenn ich mich umbringe, damit löse ich kein Problem. Was ist denn gewonnen? Man stirbt eh von selbst! Da braucht man gar nicht nachhelfen. Sie werden es doch noch erwarten können bis zu Ihrem Tod! Schauen Sie, wir sind hier, um Ihnen zu helfen, und nicht, um Sie Ihren trübseligen Gedanken zu überlassen. Haben Sie sich schon für die *Ergotherapie* angemeldet? Da müssen Sie sich anmelden! Und zu einem Gespräch mit der Sozialarbeiterin.

Seelisch gut. Den Grund. Ausreichenden Grund. Nichts kann so schlimm sein auf der Welt, sodass man sich umbringen müßte. Was haben Sie denn vom Tod? Was erhoffen Sie sich denn? Was soll Ihnen denn der Tod geben?

Ja, den Himmel vielleicht. Ich bin eine Katholikin. Ich habe mein Leben lang gebetet *tue redlich bis an dein kühles Grab* und *weiche keine Fingerspur von Gottes Wegen ab,* und *es ist nichts so fein gesponnen als dass es nicht ans Licht kommt,* und *es geschieht auf Erden nichts ohne den Willen Gottes.* Da habe ich aber anderes erlebt und nicht mit dem Willen Gottes kann es gewesen sein! Ja, wie Sie sich vielleicht Gott vorstellen. Gott ist der ganz Andere! Wir können Gott nicht ergründen! Wir wissen, dass Gott ein Auge hat und eine Hand, die uns führt. Gott wird Sie abberufen! Er kann Ihren Tod nicht wollen, Sie müssen warten, in aller Demut, bis es so weit ist. Sie dürfen dem, was Ihr Schicksal ist, nicht vorgreifen! Denken Sie an die vielen Menschen, die schwer krank sind und sterben müssen und nicht sterben wollen. Und Sie möchten Ihr gesundes Leben wegwerfen.

Ich würde ja wohl meine Nieren und mein Herz zur Verfügung stellen und meine Lungen und meine Hände und Füße, wie es heute schon ist, dass man das alles verpflanzen kann, und dazu wäre gut der Tod im Spital, denn da können Sie nachher gleich mit dem Entnehmen beginnen, aber bitte nicht zu früh, sondern erst, wenn ich wirklich tot bin. Ich weiß nicht, ich bin ungebildet, ob ein hirntoter Mensch tot ist. Ich habe ja gelesen einmal, manche Hirntote richten sich bei einer Organentnahme wieder auf.

Wenn Sie uns den Grund sagen, aus dem heraus Sie nicht mehr leben wollen, dann können wir Ihnen beweisen, dass das nicht der Grund ist. Wir schicken Sie zur Psychologin, und Sie nennen ihr den *Grund,* und die Psychologin wird Sie davon überzeugen, dass das ein dummer Grund ist, und dass hinter Ihrem vorgegebenen Grund etwas anderes steckt, nämlich ein von Ihnen missachtetes und unterdrücktes *Gefühl.* Es steht hinter jedem Selbstmordgedanken ein sozusagen nicht wahrgenommenes und nicht akzeptiertes Gefühl.

Wir sind da, um Sie aufzurichten und dass sie den Glauben an sich selbst wieder finden. Wir sind nicht dazu da, Ihnen, was Ihren Tod betrifft, entgegenzukommen und dabei mitzuwirken, sondern wir wollen, dass Sie Ihren Lebensmut wiederfinden. Bin denn ich so wichtig. Warum sind denn die alle für mich da. Und immer nur eine halbe oder eine Dreiviertelstunde. Ich habe einmal zu einem Pfleger gesagt: „Bringen Sie mich um!" Er antwortete, das wüsste ich sehr genau, dass das nicht drin sei. Und so sehr wir es oft auch möchten, verschwieg er, denn wir sehen ja hier sehr viel sinnloses Leben und sind unterbezahlt. Die Illusionen vergehen einem, wenn man ihn einmal ausübt, den Beruf. Warmherzige Anwandlungen können wir uns nicht leisten. Da gehen wir selber drauf.

In der letzten Zeit habe ich doch nur noch mit Geld herumgeworfen, das mir nicht gehört hat. Bei der Bank überzogen, dann Geld ausgegeben, und dabei fröhlich gerannt durch die Straße, die Einkaufsstraße heißt. Ich möchte dem Kapitalismus nicht die Schuld geben. Schuld bin allein ich. Der Vater sagte: „Wer mehr ausgibt, als er hat, der ist ein Lump." Wir sind alle Lumpen, die wir unsere Konten überziehen. Eine Welt voll der Lumpen. Ich habe, kaufwahnsinnig, gekauft und gekauft, in Säcken heimgeschleppt das Ganze und es nachher verschenkt, was schon ein Grund ist, sich umzubringen, wenn man so verrückt ist. Ich mache mir Sorgen um Ihr Geld, hat die Psychologin gesagt. Wir machen uns Sorgen um Ihr Geld, hat der Oberarzt gesagt. Da muss man sich doch umbringen, wenn man so verrückt ist, zuerst Geld zu nehmen auf Kredit, vieles kaufen und es dann verschenken, da bin ich doch nicht mehr lebenswürdig? Nein, das Einzige, was man da lernen muss, ist Sparen.

Mit dem müssen Sie auskommen, mit dem müssen auch andere auskommen, hat der Sozialbeamte gesagt, mit dem, was wir Ihnen geben, müssen Sie sparsam umgehen, und meine Krankheit ist, dass ich mir, wenn ich sparen muss, minderwertig vorkomme. Ja, das ist aber *Ihr* Problem, dass Sie sich dann so vorkommen. Na ja, ich bin eh bei einem Psychiater. Ja, und nehmen Sie eh die Tabletten immer regelmäßig, weil, ich sage Ihnen, eine Kollegin, die hat auch so etwas wie Sie, und die muss ihre Tabletten regelmäßig nehmen, und jetzt hat sie sie nicht genommen, und es ist ihr sehr schlecht gegangen, sie hat nicht arbeiten können, und jetzt ist sie wieder zuhause, im Krankenstand. Geben Sie einem Bettler kein Geld, sagt der Auszahler im Sozialamt, der hat genau so viel wie Sie, jeder hat so viel wie Sie. Und es stehen aber da immer die Augustin-Verkäufer, und die Ausländerinnen wollen mir die Hand lesen, und sie wollen Arbeit, und die Augustin-Verkäufer sind jetzt schon Ausländer. Und ich bin aber keine Ausländerfeindin, sondern ich habe eine Ausländerangst und Armutsangst und einen Ausländerschrecken und einen Armutsschrecken. Wenn ich die Negerin sehe, die aufs Sozialamt geht wie ich, dann wird mir Angst und Bange vor der Zukunft. Das ist eine Angst, die Sie überwinden müssen. Sie wissen, Fremdenfeindlichkeit und Körperfeindlichkeit und Sexualangst, das ist alles leicht entzifferbar. Rassismus und Ausländerphobie, Fremdenphobie, das ist Ihrer nicht würdig, Sie sind doch eine Intellektuelle, Sie sind doch eine gebildete Frau. Das alles ist kein Grund, sich umzubringen und Sie werden es ja wohl hoffentlich auch nicht behaupten!

Der Grund, aus dem heraus. Ich probiere jetzt das Verhungern und werde mich verachten, wenn ich wieder esse. Ein Grund, sich umzubringen, ist immer dann, wenn man sich verachtet. Niemand verachtet mich wie ich mich selbst, weil ich verachtenswürdig bin. Ich weiß das, und das wird mir niemand nehmen. Ich weiß, dass ich es weiß, und ich weiß, warum ich verachtenswürdig bin, und das lasse ich mir nicht nehmen. Ich bin nicht großzügig zu mir selbst, auch nicht geduldig zu mir selbst, ich neige zu Drogen. Gern betäube ich mich und habe mein halbes, nun schon fast ganzes Leben mit Betäuben verbracht. Ich probiere das Verhungern, obwohl ich im Eiskasten etwas zu essen habe. Wenn ich es esse, werde ich mich so verachten wie wenn ich wieder zu rauchen anfinge. Mir ist beinahe jeder Grund recht, Verachtung für mich zu empfinden. Jegliches Philosophieren über die Selbstverachtung ist luxuriös, ich habe vor einigen Tagen ein Foto von Schweinen gesehen, die lebend zusammengebunden, gefesselt liegen, zum Kauf angeboten werden von Männern, ich bin auf die Schweine gekommen, ich esse keine Schnitzel mehr und schäme mich eines jeden Schnitzels und eines jeden Schweinebratens, den ich je gegessen habe, und das ist kein Grund, sich umzubringen, das ist sogar zwecklos, das hilft ja den Schweinen nicht. Ich bin auf die Schweine gekommen, auf die Rinder, auf die Schafe, die Pferde, die Hühner. Ich bin mir des Tierleids bewusst geworden.

Ja, aber denken Sie an sich selbst und dass Sie das nicht ändern können und gönnen Sie sich etwas. Genießen Sie etwas! Erlauben Sie sich etwas zu genießen. Ich gebe Ihnen die Genussregeln schriftlich mit, zum Genießen braucht man vor allem Zeit, man muss sich Zeit nehmen. Das Genießen ist ganz wichtig im Leben, dass man etwas genießen kann. Ich habe die Verhaltenstherapeutin nicht gefragt, ob sie Fleisch ißt.

Wir sind vor allem dazu da, um Sie aufzufangen, wenn es Ihnen schlecht geht! Dass Sie dann bei uns wieder ein bisschen auf die Beine kommen. In der Ergotherapie lernen Sie, die Gedanken abzuschalten und sich ein wenig abzulenken. Sie lernen etwas herzustellen, und wichtig ist nicht das Ziel, also, ob Sie ein Produkt perfekt herstellen, sondern wichtig ist der Weg. Es hat sich ein Patient, der mit mir an einem Tisch saß und einen Kakadu auf Seide malte, Ausgang genommen und ist daheim aus dem Fenster gesprungen. Ja, das kommt vor. Es kommt leider immer wieder vor. Aber nicht so oft, wie Sie sagen. Schweigeminute? Eine Schweigeminute werden wir doch nicht halten wegen eines Patienten, der den anderen Weg gewählt hat als den der Heilung. Hier, spätestens, Herr Erzbischof, sollten Sie sich einschalten. Sie sollten regelmäßig Prozessionen zu den Steinhof-Gründen veranstalten.

Ich möchte verhungern. Soll ich das jemandem erzählen? Interessiert es jemanden? Verhungern dürfen Sie bei uns nicht! Verhungern lassen wir Sie nicht! Das erlauben wir Ihnen nicht! Also es dort nicht sagen, auf keinen Fall, wo es mich hinzieht, bisweilen, wenn die Sehnsucht nach Gleichgesinnten zu groß wird, meine Sehnsucht immer nach Menschen, die sich umbringen wollen. Nimm dir ein Beispiel an deiner Bekannten, sagt mir eine Stimme, sie fliegt nach Thailand, drei Wochen, jetzt im frostigen Wiener Winter badet sie an einem wunderbar warmen Strand. Ich habe 40 *Euro* gespendet wegen des *Tsunami,* vierzig Euro, das lasse ich es mich kosten, damit ich nicht mehr daran denke, *Tsunami* und *Thailand, Sri Lanka,* ich will mich umbringen wegen Thailand und Tsunami und Sri Lanka, wegen Afghanistan, wegen Israel, wegen Pakistan, wegen Irak, wegen Iran, ich will mich umbringen wegen Bush und Scheiß 11. September. Wegen „Presse", „Kronen Zeitung" und Ö1-Nachrichten. Ich will mich umbringen wegen Computer, Handy, Fax, ich mag diese Welt nicht mehr, Laptop, ich will mich umbringen wegen *Marketing* und *Zuwanderung* und *Einwanderung* und *EU,* sehen Sie, das alles ist kein Grund, damit müssen wir alle leben. An Ihnen haben sich ja schon namhafte Psychiater die Zähne ausgebissen, sagte die Psychologin. Sie lassen sich ja nicht behandeln!

Zuerst muss ich meiner Finanzen Herr werden. Nicht spekulieren, was ich tun würde mit einer Million Euro oder einer Milliarde

Euro, es gibt solche Menschen, die haben eine halbe Milliarde Euro, und sie getrauen sich in die Öffentlichkeit. Ich will auch nicht spekulieren, wer dieser Schüssel ist mit seinem Budget-Gesabber und *Union* und *entschlossen*, ich bin für eine Linksdiktatur von Brüssel aus, auch wenn ich dadurch meine Gasheizung und meinen Parkettboden verliere, ja, ich rede jetzt so groß, und für eine Linksdiktatur bin ich nur immer gleich, weil ich aus einer Nazifamilie bin. Ich bin dagegen, dass sich die deutsche Bundeskanzlerin vom Massenmörder Bush intelligent und smart nennen läßt. Ihre größte Sorge scheint, seit sie im Amt ist, ihrem Make-up zu gelten. Ich bin dagegen, dass Saddam Hussein hingerichtet wird, ich bin dafür, dass man Arnold Schwarzenegger die österreichische Staatsbürgerschaft aberkennt. Was willst du denn, schreit eine Stimme, willst du *Mörder durchfüttern*!?

Der Grund, warum Sie hier sind, ist aber, dass Sie sich bei uns erholen, und nicht, dass Sie arbeiten. Und zuhause muss ich mich vom Steinhof erholen. Von dem Lärm, von dem Streit, von dem Schreien, von den Drohungen des paranoid Schizophrenen, von den Arztgesichtern, von den Pflegergesichtern, von den Schwesterngesichtern. Der Nihilismus hat mich gepackt, diese Gedankenrichtung.

Das vom ausreichenden Grund haben wir noch immer nicht geklärt. Und ich sage Ihnen, dass es keinen Grund gibt. Sie sind nicht schwer leidend an einer sinnlos schmerzlosen Krankheit. Und wenn ich einfach sage, ich mag die Kälte nicht mehr. Weder die des Winters noch die, die von Menschen ausgeht. Norwegische Kühe bekommen jetzt Matratzen, damit sie nicht auf dem Betonboden liegen müssen.

Das ist doch meine Privatsache. Mit zwei Briefen meiner Mutter in der Manteltasche wurde ich, sie gefunden. Sie lag erfroren in einem Wald, und mit sich nahm sie alles, was sie ihrer Mutter nicht sagen konnte. Sie hatte gehofft, mit dem Tod ausdrücken zu können, dass sie unter allem, was *Leben* hieß, unsäglich litt. Das ist doch Privatsache, der Tod. Das muss ich ja nicht begründen. Ich bin eine öffentliche Person, ich muss es wahrscheinlich begründen. Immer wieder werfe ich alle Briefe meiner Mutter weg. Ich überfliege sie nur, in der Hoffnung, dass Worte drin stehen, die mir helfen. Die mich erheitern und die mich, ich sage es altmodisch, frohen Mutes machen. Aber sie deprimieren mich. Phrasen. Ich glaube dieser Frau nichts mehr, und das ist wahrscheinlich meine Krankheit, meine Krankheit ist der Grund. Die Depressionen, die Persönlichkeitsstörung „Borderline", und zugleich denke ich, es ist gesund, der Mutter nichts mehr zu glauben. Da müßte natürlich jetzt ein Konflikt ausgepackt werden, es gibt ein tschechisches Sprichwort: Kdo nemá rád rodici, nikdo má rád. Wer seine Eltern nicht liebt, liebt niemanden.

Mein Vater ist vor siebenundzwanzig Jahren gestorben. Er ging vom Spital aus, in dem er wegen seiner Krebserkrankung lag, mit Heidrun und mir mittagessen in ein Gasthaus und dann spazieren. Seine Übellaunigkeit ließ mich nicht denken, dass er Krebs hatte, sondern ich war sicher, er dachte nach, wo sein Geld geblieben war, nachdem er uns zum Essen eingeladen hatte. Er ging übellaunig mit uns über eine Wiese, und dort stand ein junger Mann mit einem Fernrohr, der sagte, er beobachte die Sonnenflecken. Des Vaters bevorstehender Tod erschien mir dadurch komisch, und ich ging hinter ihm, in Angst, dass er Abwertendes über den jungen Mann sagen könnte, und ich dachte: Es macht nichts, er liegt ohnehin bald unter der Erde. Ich freute mich darauf wie ein Kind auf einen Geburtstag. Ich liebte ihn und hasste ihn. Mein Psychiater sagte, Ambivalenzen seien am Schwersten zu ertragen. Der Vater starb dann an einer Spritze mit einer Überdosis Morphium, die die Mutter ihm gegeben hatte, und kaum war er unter der Erde, fing sie an, mir schlechtes Gewissen zu machen, sie bereue ihre Tat. Ich hatte sie dazu gedrängt, ihm Sterbehilfe zu leisten. Sie betrachtete ihre Tat als Mord und belastete mich schwer mit ihrem ratlosen Gesicht. Irgendein Pfarrer hatte ihr das vielleicht eingeredet. Ich betrachtete es als mitmenschliche Leistung, mitleidige und wohlwollende Tat, dass wir ihn nicht zu Ende leiden ließen. So sehr ich ihn oft auch hasste und verachtete und fürchtete, er verdiente kein sinnloses, erniedrigendes Leid, so etwas verdient niemand, nicht der böseste Mensch, es ist keinem Menschen damit geholfen, dass ein anderer leidet. Es mag schadenfrohe und sadistische Menschen geben, die zu einem hilflos Kranken in Gedanken sagen: Ja, krepier. Aber ich sagte das in Gedanken nicht zu meinem Vater. Als er tot war, wirkte sein Gesichtsausdruck angenehm überrascht. Das Gesicht war glatt und jung, die Augen geschlossen, die Brauen leicht hochgezogen, die Pupillen, als ich ein Lid hob, sehr klein. Wir wissen nicht, warum das so schnell gegangen ist, sagte eine der Krankenschwestern. Durch ihre Reue und Selbstanklage gab die Mutter mir später das Gefühl, eine Vatermörderin zu sein. Ich sprach darüber mit dem Psychiater. Er sagte, Sigmund Freud habe sich Sterbehilfe geben lassen. Ich erzählte es Heidrun in einem Brief. Sie antwortete, ich solle es nicht bereuen, sie finde das gut. Wenn die Mutter mir schreibt, werde ich durch ihre Handschrift daran erinnert, dass ich eine Vatermörderin bin. Ich wollte, ich hätte ihn umgebracht, als er mich überfiel in der Kindheit mit einem heftigen Zungenkuss. Ich wollte, er wäre damals mit seinem Auto tödlich verunglückt. Das ist heute noch so, und es wäre mir als die gerechte Strafe für ihn erschienen. Ich bin psychisch gestört seit jenem Überfall. Sein Mund schmeckt mir nicht, seine Hand quetschte eine meiner kleinen Brüste, ich war im Nachthemd, er saß bei mir auf dem Bett. Durch meine Mutter, die sich blind stellte oder blind war, fühle ich mich an ihn erinnert. Vatermörderin, ja, bin ich, guten Gewissens, meinetwegen, ich hasse die sexuellen Annäherer, Belästiger und Missbraucher. Ich hasse diesen Mann, bis heute, zugleich war er mein Vater, was sollte ich tun. In der Unglückstinte saß ich einen Tag vor meiner ungewollten Hochzeit. Der Vater fragte: „Bist du glücklich, Brigitte?“ Zu spät, dachte ich. „Ja“, sagte ich. Zu spät hatte er mich das zum ersten Mal gefragt.

Es ist heute Hungern zweiter Tag, dies nebenbei bemerkt. Heute Nacht wachte ich auf, seelenruhig, wegen eines Entschlusses, den ich gefasst hatte. Nämlich ein sehr guter. Ich lag entspannt im Bett, dann fiel mir ein: Verhungern! Das kann nicht sein, dass ich darin die Lösung für mein Leben finde. Ich stand auf, beunruhigt, auch weil ich meine Medikamente zum zweiten Mal nicht genommen hatte. Ja, wir geben Ihnen die Medikamente, und Sie nehmen sie nicht, und dann sind Sie wieder da. Der Herbert, der wird von uns heimgeschickt mit seinen Medikamenten, und dann ist er wieder da, es ist hoffnungslos, sagte sie, so nebenbei, die Krankenschwester. Es ist wirklich hoffnungslos. Die Schwester Inge hat mich schon zwanzig Mal in ein Gitterbett eingesperrt, sagte Herbert. Die

Ärzte haben keine Zeit, das Personal ist überfordert, es ist alles von ihm zu viel verlangt, ich nehme seit zwei Tagen die Medikamente nicht, mir ist, als müßte ich mein Leben im Halbdusel verbringen. Schlafen, halb wach sein, schlafen. Ich möchte das unterbrechen.

Sexueller Missbrauch beginnt dort, wo es zu einer Körperberührung kommt, die der andere nicht wünscht. Ich bin, als ich klein war, von meiner Mutter dazu angehalten worden, ihr die großen, weißen Brüste zu waschen, wenn sie badete und mich in die Wanne hineinnahm. Es war ein unsägliches Glücksgefühl, wenn sie *es wieder wollte* und ich mit den kleinen Händen und der Seife über ihren prallen Busen gleiten durfte. Ich geriet in Verzückung. Ob sonst noch etwas war, weiß ich nicht mehr. Sie stürzte sich eines Tages auf meinen kleinen Sohn und vergrub ihren Mund in sein kindliches Geschlecht. Ich stand wie angewurzelt daneben. Wenn ich sie nun wegriss, an den Haaren, so war mir zumute, sie an den Haaren reißen und ihr Corpus in eine Ecke werfen, würde ich Lustgefühle meines Sohnes unterbrechen und ihm damit schaden. Ich war hoffnungslos, ich war ohnmächtig, ich war voll Hass, ich wollte diese Frau erschlagen, und ich hätte mich im Recht gefühlt. Das ist meine Krankheit, und sie bricht aus, wenn ich die Medikamente nicht nehme. Das ist der Hass, der Hass auf meine Eltern, der mich zugrunde richtet und an dem ich sterben werde, wenn ich nicht laut aufschreie. Ein menschenverachtender, zynischer Nazi, ein Kinderschänder, und sie eine Nichtseherin. Sie sah nichts, wenn meine Halbschwester mir das Gesicht rot schlug, ich war drei oder fünf, vielleicht war ich schon sechs, sie hörte nichts, wenn ich weinte. Sie war blind beim Übergriff meines Vaters oder sie kam nachher erst ins Zimmer. Sie ging von mir weg, als mich Ärzte niederlegten auf einer Spitalsliege, zur Betäubung mit der grausigen Äthernarkose. Atme ein oder stirb oder was. Ich sehe sie noch heute, wie sie mit was für Gefühlen immer, wahrscheinlich voll Selbstmitleid, an der Wand steht, mit dem Rücken zu mir. Und mit dem Rücken zu mir, als ich mit sechzehn Jahren die Küche betrete und mich bei meinem Vater über etwas beschwere, und er ruft: „Trampel, verschwind!"

Mir stiegen Tränen der Dankbarkeit in die Augen, als ich erfuhr, dass er Krebs hatte, lieber Gott, sagte ich innerlich immer wieder, du hast mich erhört. Danke, danke, danke.

Vatermörderin, Muttermörderin, ich könnte beides sein. Es ist fehlerhaft, dieses Manuskript, und ich wünsche mir, dass es als ein solches fehlerhaftes veröffentlicht werden könnte. Wann immer ich der Mutter begegnen muss, bin ich die gut erzogene Tochter, die ihr Wohlergehen vorspielt. Psychisch bin ich erkrankt, ich weiß nicht, wann. Leben muss ich, ich weiß nicht, wie lange. Kdo nemá rád rodici, nikdo má rád ist nicht wahr. Ich habe viele Menschen lieb. Aber meine Eltern nicht. Ein Kind, das seine Eltern nicht liebhat, verdient nichts als den Tod, ich glaube, das habe ich irgendwann gelernt oder lernen müssen, ich weiß nicht mehr, bei welcher Gelegenheit, und als ich kleine Schwestern bekam, mit fünf und sechs Jahren, durfte ich mich ihnen nicht nähern, da fuhr sie dazwischen, und als meine Halbschwester einen interessanten Busen bekam, durfte ich mich nicht in die Nähe des Badezimmers begeben, da stand sie, die Sittenwächterin, und weil ich meine Medikamente nicht nehme seit zwei Tagen, bin ich wieder krank, und weil ich krank bin, nehme ich die Medikamente nicht, ich liebe meine Halbschwester Heidrun, es ist nicht ihre Schuld, dass sie mich bedroht und geschlagen hat, es hätten die Eltern aufpassen müssen, dass dies alles nicht passiert.

Böse Kinder gehen nachts in den Schnee, trinken Cognac und essen ein paar Schlaftabletten. Mit viel Geschick und günstigen Zeichen des Himmels wird ihnen wohlig warm, ehe sie einschlafen, und im Schnee, wenn es kalt ist, darf man nicht einschlafen, sonst erfriert man. Und da reißen sie dich hoch und wollen dein Leben wieder retten. Kennen sie es denn, dein Leben. Wenn ihr nicht wisst, was ihr rettet, dann rettet es nicht. Es ist nicht euer Leben, es ist unantastbar, mein Leben, für euch, auch wenn ich es zerstören will. Es ist unantastbar, ich möchte mein Leben für mich hinüberretten, dass es nicht mehr ist, soll das immer so bleiben, dass psychisch Kranke sich davonschleichen, wie Verbrecher, dass sie Angst haben müssen, zu früh gefunden zu werden, die Überdosis auszuspeien versehentlich im Schlaf, soll das immer so weitergehen, dass wir uns schämen für unsere Suizidgedanken, dass wir sie niemandem mehr mitteilen wollen, sondern eine Tat begehen, und dann das Schweigen hinter uns lassen, das tiefe, schreckliche Schweigen? Soll der Tod romantisiert werden weiterhin, die ist gestorben schon, die hat es gut, die hat es hinter sich. Wenn ich gehe, dann gehe ich nicht ohne Personalausweis, sagte ich einmal zu einer Verwandten. Ich möchte aber friedlich gehen und danke sagen, wenn man mir das Medikament gibt. Danke für eine Barmherzigkeit. Ich möchte höflich gehen und freundlich, und Zähne zusammenbeißen und ab ins Jenseits, es wird schon nicht so schlimm sein, sagen, oder stumm, feierlich den Tod erwarten, und nicht, wie schon vier Mal, gedemütigt aufwachen, leider, außer einer tagelangen Bewusstlosigkeit, außer Spesen nichts gewesen.

Ich möchte nicht wieder in die Psychiatrie laufen und dort denken: Was mich euch freundlich grüßen läßt, das ist der Anstand, tut es endlich mit mir, ihr Angsthasen, ihr Feiglinge, ihr Achselzucker, Ihr Gitterbettsperrer! Tut es endlich, Ihr mit euren Schlüsseln zum Lift, den nur das Personal benützen darf, und die Patienten, die können zwei hohe Stockwerke zu Fuss hinaufkeuchen! Tut es endlich, Ihr Mitleidlosen, den Sterbenwollenden Geleit geben und letzte Hilfe zu verabreichen, eine letzte Handreichung. Dramatisiert den Tod nicht! Der Tod ist ein Ende aller Schmerzen, aller quälenden Gedanken, ein Ende aller Pein. Tod ist Erlösung! Warum müssen wir sie uns heimlich holen, wie Diebe, nur nicht entdeckt werden jetzt, nur nicht frühzeitig gefunden, wir wären viele, und ihr würdet mit dem Sterbebegleiten nicht nachkommen, ihr wäret wieder einmal überfordert! Es wäre euch Leid um das Geld für die Särge. Ihr wüsstet nicht, bei wem anfangen und wo aufhören, es kämen immer neue Patienten, Herr Doktor, ich möchte auch sterben. Ja, da müssen Sie sich anmelden zuerst im Gebäude Nummer X, dann erhalten Sie einen Schein, den werden Sie ausfüllen, dann wird Ihnen bekanntgegeben ein Termin zur Untersuchung, es müssen drei Untersuchungen sein mit acht Zeugen, dass Sie wirklich sterben wollen, es könnte Ihnen das jemand doch nur eingeredet haben, wir schicken alle unsere Patienten in suizidalen Nöten zuerst zur Psychologin und dann auch zum Sozialarbeiter, denn das Leben geht ja weiter, und wer möchte nicht bezahlt werden, wir alle wollen hier bezahlt werden, und die Spitalskosten trägt die Krankenkassa, wenn Sie nicht versichert sind, nehmen wir Sie gar nicht auf, und jemanden umbringen, das tun wir nicht, das ist gegen unsere Ethik. Es ist der Arzt ein lebenerhaltender Fachmann, ganz egal, wie dieses Leben ist und sein mag, wir haben die Pflicht, Sie am Leben zu erhalten, wir dürfen Ihren Bitten nicht nachgeben, sehen Sie, da sind die Schranken, und deshalb laufen ja die Ärzte und die Pfleger und die Krankenschwestern denen allen immer gleich davon, die sagen, dass sie nicht mehr leben wollen. *Sie bemühen sich, das in keiner Weise ernst zu nehmen.* Wenn dann einer krepiert ist auf irgendeine Art, auf die er es dann doch geschafft hat, sind sie nicht zuständig gewesen. *Sie sind nie zuständig.* Was ein Mensch draußen tut, das kann und wird und will und soll die Klinik nicht kontrollieren. Wir empfangen sie (und Sie) nur immer wieder, wenn Sie kommen. Und Sie möchten bei uns aufgenommen werden. Ja, wenn Sie sich, bitte, daher legen und den Oberkörper freimachen. Ich habe mir immer gedacht, die wollen, dass ich den Oberkörper freimache, um mich endlich umzubringen, fachmännisch, so wie es gehört, Stich ins Herz, das könnte ja auf Bitten getan werden, sie haben seziert, sie sind den Umgang mit Leichen gewöhnt, warum scheuen sie sich so, jemanden umzubringen? Sie legen einem an die Arme und auf die Beine und auf den nackten Oberkörper kaltes Eisen, davon erwachen die Sinne kurz, dann möchte ich die endlose Abzapfung meines Bluts, nicht in ein Röhrchen bei der Blutabnahme ein paar Tropfen, sondern ganz soll es ausrinnen, oder soll ich mein Badezimmer zu einem Schlachthaus machen oder in die dreckige Donau springen? Dann wird etwas notiert auf einem Papier, dann wird man in eine schmale, lange Kammer geführt, dort bekommt man ein Medikament, wie Sie wünschen, was wünschen Sie, welches tut Ihnen gut, Sie sind ja eine alte Kundschaft, ein Stammgast ist wieder da, und der möchte schreien: „Ich gehöre auf einen Friedhof!" Ich trete ein in einen Sterbeverein, ich bin bereit, damit der Sarg nicht zu viel kostet, können Sie es nicht verschieben, sagen wir, wenn sie so stark werden, die Selbstmordwünsche, dass Sie es fast nicht mehr aushalten und schreien wollen, (sodass Sie dann leider niedergespritzt werden) können Sie es nicht verschieben und sich sagen: „In einem Jahr bring' ich mich um." Es sind zwei Jahre vergangen, Herr Doktor, heute ist der zweite Jahrestag meines ich möchte nicht mehr sagen, wie vielten Selbstmordversuchs. Soll ich wie eine Halbtote dahinvegetieren halb schläfrig noch dreißig Jahre lang, in einem KZ, das die psychiatrischen Anstalten für mich sind, Bewahranstalten, wenn wir sie nicht brauchen können mehr, schicken wir sie hinaus, zurück in ihren Alltag.

Wenn du die Medikamente nicht nimmst, bist du selbst schuld daran, dass du Selbstmordgedanken hast.

Weißt du, Mutter, ich möchte nicht betrunken im Schnee sterben. Ich möchte bei vollem Bewusstsein und in der Klarheit meiner Gedanken von dieser Welt gehen. Und ich möchte würdig sterben dürfen. Ich darf das von dieser Gesellschaft verlangen, die gesunde Organe entnimmt und Menschen in Intensivstationen mit Schläuchen quält, die Menschen zu Forschungszwecken und aus Ehrgeiz am Leben erhalten, solange es *die Maschinen erlauben*, und ich möchte von genau diesen Ärzten verlangen dürfen, dass sie Lebensmüden hinüberhelfen auf Krankenschein. Ich möchte nach einem bitteren Leben einen angenehmen, zivilisierten Tod und mich nicht davonstehlen in der Nacht, bin ich ein schlechter Mensch, weil ich den Tod vorziehe, wird er mir gelingen? Soll ich mich aufhängen, ich weiß nicht, wie, und einen schrecklichen Anblick bieten, soll ich qualvoll ersticken? Muss ich heimlich tun. Es heimlich vorbereiten, im Supermarkt bei den Flaschen stehen, wie bringe ich viele Tabletten hinunter, und dass es nicht zu viele sind, und dass es nicht zu wenige sind, es ist Hungertag, es ist der zweite Tag, sie werden mich, wenn sie mich erwischen dabei, wie ich verhungern will, so ein stilles, unauffälliges Sterben in den eigenen vier Wänden, sie werden mich künstlich ernähren mit einem „Es wird schon wieder!" oder auch ohne ein „Es wird schon wieder!", weil für so viel Zuwendung nicht Zeit ist. Sie werden die Schläuche an- und abmontieren, sie werden die Venen suchen, sie werden Blut abnehmen und dann einen Tupfer geben, „Drücken Sie da fest drauf!" Wir werden vielleicht die Psychiatrien nicht ändern, weil wir die Menschen nicht ändern können, meine Tante hat gesagt, man muss sich mit den Menschen abfinden, wie sie sind, „Es gibt keine anderen!"

Wenn ich bei meiner Tante bin, habe ich keine Selbstmordprobleme, aber dann kann ich auch das alles nicht schreiben. Ich bewege mich dort zwischen Stühlen und einem Sofa und bin froh, die Stimmen der Verwandten zu hören und sie leibhaftig zu sehen. Sie sind mir ein lieber Anblick, die Tante und der Onkel, und wenn sie streiten, dann denke ich: Sie reden wenigstens miteinander, sie fahren einander ins Gesicht, brüllen einander an, verstehen sich dann wieder gut, der Zorn und die Wut verfliegen rasch, der Onkel ist immer gleich wieder versöhnlich, und ich gehe dort und rauche im Vorhaus oder auf dem Balkon eine Zigarette, und es macht mir ein bisschen was natürlich aus, doch habe ich auf Nichtraucher Rücksicht zu nehmen. Und ich nehme sogar gern Rücksicht, weil das Rauchen nicht gesund ist, wir wissen es alle. Die Tante ist sehr korpulent und hat, wenn sie manchmal lächelt, ein liebes Lächeln. Ich habe meine Tante geliebt von Kindheit an. Ihren guten Busen unterm Pullover, den ich nicht einseifen durfte – musste – ich habe einfach gespürt: Da ist ein warmes Herz. Die Tante, stark übergewichtig, herzkrank, Diabetikerin, kann jeden Tag sterben, und mir rinnen die Tränen, während ich das schreibe, denn wenn sie tot ist, weiß ich nicht, wofür ich lebe und wohin ich gehen soll. Es kann der Onkel mir die Tante niemals ersetzen, so gescheit er auch ist und so gerecht, aber es ist eine kühle Gerechtigkeit. Vielleicht tue ich dem Onkel Unrecht, ich habe immer die Befürchtung, dass ich jemandem Unrecht tue, wenn ich über ihn etwas schreibe, ich bestehe nur aus Angst und Furcht. Wenn ich bei der Tante bin, ist alles in Ordnung. Ich soll leben, und ich lebe. Ich gehe hin und her, wenn sie noch schlafen, wenn ich früh aufwache, ich zünde mir eine Zigarette an im Vorhaus, trinke dort den Kaffee, und es wundert mich, wenn dann ein Neger kommt, der die Zeitung herwirft. Wenn ich bei der Tante bin, bin ich nämlich jung, dort ist vieles, was geschah, nicht geschehen, und ich bin wieder vierzehn oder fünfzehn, es ist noch nichts geschehen, ich habe noch keinen Mann gehabt, ich bin wieder dieses Mädchen, das geglaubt hat, von zwei bis drei Schlaftabletten stirbt man. Ich möchte wieder neunzehn werden und nicht aussehen, wie ich aussehe, sondern wie jemand anderer. Ich gehe dort ins Badezimmer, vor dem ich Angst habe, weil ich wasserscheu geworden bin, handtuchscheu, ich möchte mich nicht waschen, ich möchte nichts von mir verlieren, ich möchte, was die Nacht auf mein Gesicht legte, am Tag auf dem Gesicht behalten. Ich bin ein Schlafmensch. Ich bin am Glücklichsten, wenn ich schlafe. Bei der Tante nehme ich die Medikamente brav und regelmäßig, weil ich weiß, dass sie dann mit mir zufrieden ist. Einmal hat sie gesagt, dass ich „eigen“ geworden sei, weil ich nicht viel rede. Ja, ich schweige viel bei der Tante. Ich bin ja eine Halbtote. Eine, die sich noch mit lebendem Leib herumschlägt, den Leib reinigen, den Leib kleiden, den Leib spazierenführen, den Leib benützen, um einkaufen zu gehen, den Leib ernähren und warmhalten.

In der Psychiatrie ist man unter Fremden. Man gewinnt manchmal jemanden lieb, dann ist er nicht mehr da. Man fasst zu einem Arzt Vertrauen, dann ersetzt ihn ein anderer Arzt. Und ich fürchte den Tag, an dem meine Tante sagen wird: „Nein, zu uns kannst du nicht kommen, wir können den Ballerwatsch nicht brauchen, den du beieinander hast, lass dich, bitte, in der Klinik behandeln.“ Und der Tag, an dem sie nicht mehr kann, die Tante, und sie zu krank ist, als dass sie mich bei sich empfangen könnte. „Du, wir haben unsere eigenen Sorgen.“

Du hast mir zwei Mal geschrieben, und ich möchte Dir sagen, dass ich wirklich jeden Tag liebevoll an Dich denke. Ich spüre auch Deine Gedanken an mich, und Gedanken können vollkommener als ein Brief sein. Gar, wenn Du mir schreibst, dass Du Dich um mich sorgst, da wünsche ich mir, dass Du nicht mit Sorgen, sondern mit Freude an mich denkst. Als ich Dich anrief vor einigen Wochen, war das kein Hilferuf, sondern ich hatte eine Einbildung, Du stammtest vom Hause „Romanow" ab. Man nennt das Psychose. Ich telefonierte damals viel, aber ohne betrunken zu sein, da ich seit zwei Jahren nicht mehr trinke. Ich bin sicher, dass Astrid Dir erklären kann, was eine Psychose ist. Jedenfalls lieferte ich mich dann selbst auf der Polizei ab und ließ mich zur Baumgartner Höhe bringen. Danach begab ich mich auch ins AKH in Behandlung, nachdem die Therapeutin mich sehr darum gebeten hatte. Ich erhielt schlaffördernde Medikamente, die ich auch jetzt nehme, seit vielen Wochen. Ich möchte Dich aber bitten, mir nur heitere und fröhliche Briefe zu schreiben, wenn Du in guter Stimmung bist. Und nicht immer meine Krankheit zu betonen. Sowohl im AKH wie auf der Baumgartner Höhe kann ich jederzeit sein, wenn ich heraußen Probleme habe. Wie ich in die Psychose kam, weiß ich nicht mehr genau. Es hatte damit zu tun, dass Allerheiligen war und dann Allerseelen, dass mir zwei Menschen Leid taten, die beim Westbahnhof und obdachlos waren, dass ich diese in die Wohnung nahm, und einer von ihnen erlitt dann einen Anfall. Er wurde steif und so hart die Hand, das Handgelenk, stürzte, dass ich dachte, als ich ihn berührte, er sei tot. Ich rief die Rettung an, und der Arzt und die Begleiter, die kamen, sagten, das würde mich teuer zu stehen kommen, ich dürfe im Spital nicht sagen, dass der Mann bei mir übernachtete. Auch machte man mir Angst, ich würde doch nicht wissen, wer diese Männer seien, das könnten Mörder sein. Daraufhin bekam ich dann wirklich Angst, und dann brach irgendwie die Psychose aus. Ich bildete mir ein, den Auftrag zu haben, Europa vor einem nuklearen Angriff zu retten, und so tat ich viele Dinge tagelang, bis ich sehr müde wurde und mich zur Polizei begab, weil ich Angst hatte, dass in meine Wohnung Mörder kommen. Seit die Medikamente mich zurückgeholt haben in die Realität, bin ich irgendwie traurig, aber nun wieder völlig angepasst. Näheres möchte ich nicht schildern, weil es mich zu sehr aufwühlen würde. Liebe Mutti, bitte, wisse immer, die Leute hier im Bezirk kennen mich und wissen auch, dass ich für die „Presse" manchmal schreibe, ich selbst weiß, wo der Bus nach Baumgarten ist, es kann mir hier nicht das Geringste passieren. Ich würde auch im Haus, wenn ich Hilfe hole, nicht ohne Hilfe bleiben. Ich weiß, dass es Dich sehr, sehr unglücklich macht, eine psychisch kranke Tochter zu haben, doch das ist ein Schicksal, das ich ertragen muss, es hilft kein Aufbegehren. Da ich darüber schreibe, mache ich ja doch das Beste daraus. Was das Motivieren betrifft, das ich früher betrieben habe in langen Briefen an Dich, so ist mir das leider nicht mehr möglich, da ich mich selbst motivieren möchte. Ich hätte auch sehr gern, dass Du einmal alle jene vielen und langen Briefe, die ich Dir früher schrieb, an Tante Traude schickst, sodass sie weiß, wie mein Verhältnis zu Dir war vor meinem Versumpfen im Alkohol und zu diesem Abstieg der beiden Suizidversuche. Liebe Mutti, dieser Brief ist einer Stimmung entsprungen, in der ich Dir etwas Liebes tun will, nämlich Dir einen Brief schreiben. Ich fürchte aber, dass der Brief wieder Deine Besorgnis erregen wird und Du mir das mitteilen wirst, da ich Dich ja schonen sollte.

Ihr schreiben: Ich möchte keine Worte mehr an Dich richten, die Worte, die in mir sind, zersprengen mir das Gemüt. Meine Worte sind Schleim, sind Asche, sind Zement. Meine Worte kann ich mir nicht mehr wiederholen. Gesagt ist gesagt. Fliegt der Vogel in der Luft, das böse Wort, Worte kann man nicht einfangen. Ich möchte meine liebevollen Gedanken auf Dich richten. Mir vorstellen, dass Du an mich denkst, und Du weißt, dass ich weiß, dass Du an mich denkst. Und dass ich Dir nicht schreibe, denkst Du.

Ich möchte ihr das doch lieber nicht erzählen, wie ich die beiden Obdachlosen in der Wohnung gehabt habe, und wie die beiden Polen und ich uns nur verständigten über Papst Wojtyla, Karol Wojtyla, euer Papst, will, dass ich euch helfe, euch Arbeit gebe, und wie die Männer von der Rettung mir aber dann, wie gesagt, dringend abgeraten haben, wegen des Geldes und weil der Mann, der umgestürzt ist, ja ein Serienmörder sein könnte, Witold hat er geheißen, und der andere Wacław. Sie sind zurück nach Polen gegangen, wie sie gesehen haben, wie das hier bei uns in Österreich ist. Einem Kasachen habe ich einmal das Haar geschnitten, damit er eine gute Frisur hat, wenn er sich erfolglos um Arbeit bewirbt.

Ich erzähle ihr das lieber nicht, da sie sonst in Aufregung gerät, ich bin auch jetzt zu müde, es ist zweiter Hungertag. Aber ich habe heute geweint, endlich weinte ich.

Ich möchte Liebe geben, lieb sein. Aber weil ich psychisch krank bin, fürchtet man sich vor mir. In der Psychiatrie hat zuerst jeder Neuankömmling alle übrigen im Verdacht, dass sie alle verrückt sind. Von Verrückten möchte sich niemand Liebe geben lassen. Und was ist auch Liebe. Wie beweist man sie. Ich beweise den meisten Menschen dadurch meine Liebe, dass ich ihnen etwas schenke. Aber vielleicht ist das nicht der Weg. Ich beweise ihnen seit vielen Jahren meine Liebe damit, dass ich sie in Ruhe lasse, sie nicht anrufe, ihnen, nur selten, schreibe. Ich kann Liebe nicht geben, nur fühlen. Ich fühle Liebe zu den Menschen, und in der Psychiatrie nehme ich Kontakt auf zu Mitpatienten. Es will nicht jeder mit mir ins Gespräch kommen. Schließlich bin ich eine alte Frau, und wer weiß, was sie von mir will, denkt der Mann, denke ich, dass der Mann denkt, und ich habe schon einen Mann sterben lassen (der mit dem Kakadu, der Selbst*mörder*?, der es nicht mehr aushielt. Er hatte gesagt, wenn er freundlich begrüßt werde, gehe es ihm sofort sehr gut. Wie oft gehe ich in Geschäfte und kaufe etwas ein, um freundlich begrüßt und verabschiedet zu werden. Es geht ins Geld. Heute habe ich einem Menschen, der mir oft mit Geld aushalf, einen selbstgestrickten Schal und ein gehäkeltes Stirnband geschickt.

Brave Tochter. Weil du deine Tabletten nicht nimmst. Das sagst du ja nur, weil du deine Tabletten nicht genommen hast. Zum Vater sagte sie: Das sagst du ja nur, weil du getrunken hast. Ein Säufer und ein Nazi und ein Kinderschänder. Sie, eine Hysterikerin. Der Nazi hat mich erzogen, vielleicht war er nicht mein Vater.

Heute ist zweiter Jahrestag. Ich telefonierte mit ihr, zwang mich, liebevoll zu reden, dann legte ich den Hörer auf und war erschöpft. Angewidert von mir selbst. Aus Angst vor meinen bösen Schwestern hatte ich es nicht gewagt, sie zu mir zu bitten. Ich wäre ihr um den Hals gefallen, wenn sie gekommen wäre, aber das wäre wahrscheinlich für die kleine, alte Frau zu viel gewesen. Schon unterwegs zu mir konnte es ihr zu viel werden. Sie könnte im Auto einen Herzanfall erleiden wegen der Hast, mit der der Fahrer fuhr. Sie wollte sich in ein Taxi setzen und zu mir kommen. So redete sie, und ich: „Nein, nein, Mutti, das ist süß von dir, wirklich, das ist ganz süß von dir." Süß sagte ich, weil ich schon lange in Wien lebe. Außerdem war ich betrunken, und als ich aufgelegt hatte, schluckte ich hundert *Seropram.* Mit hundert Antidepressiva kann man sich umbringen, hatte der Nazi gesagt.

Was in der Psychiatrie leider auch so üblich ist. Gnädige Frau, darf ich Sie fragen, was für ein Medikament nehmen Sie? Nach ein paar Wochen war er tot, der Herr Weber. Ich war froh. Außerdem beneidete ich ihn um sein Sterben. Er wachte einfach nicht mehr auf. Starke Medikamente, Kreislaufversagen. Ich glaube nicht, dass vielen um ihn besonders Leid gewesen wäre. Er störte, war patzig, störte, provozierte, dann wieder überliebenswürdig, dann schleppten sie ihn zu viert, vier Männer zum Bett, der ausrastende Herr Weber, vier Männer, so gefährlich ist der Herr Weber gewesen, sagte Frau Dana, und vorher: „Ich fürchte mich so vor Herrn Weber! Er hat gedroht, er wird mir Auslage zerschlagen!" Frau Dana ist eine von den vielen *ausländischen Kräften* in Steinhof. Als er tot war, fragte sie: „Tott? Herr Weber? Ist tott?" Sie konnte es nicht glauben. Ich nahm an, einer von den Pflegern, der wusste, dass Frau Dana sich fürchtete, hatte ihr den Gefallen getan, Herrn Weber nicht mehr aufwachen zu lassen. Es war dann Polizei im Haus. Aber das soll kein Steinhof-Roman werden, jedenfalls, es war am 1. Jänner 2003, als ein Pfleger ihn im Bett leblos fand. Ich wollte gratulieren, der war doch immer so lästig, aber aus Pietät hielt ich den Mund und bildete mir ein, dass sogar ich trauerte um Herrn Weber, ich weiß nämlich aufgrund meiner katholischen Erziehung nicht, ob ich jemanden liebe oder hasse. Klein beigeben müsse man, sagte meine Großmutter, nicht aufmucken, immer der Mutter gehorchen und so weiter, das tat ich dann auch in der Psychiatrie, ich war die Musterpatientin Schwaiger Brigitte. Feinde lieben, Freunde hassen, Geben ist seliger denn Nehmen, Hass überwinden, gerade dem, den du nicht magst, freundlich in die Augen schauen, der Herr Weber ist also gestorben, Glück hat er gehabt, nicht mehr eingesperrt, vorher siebenundzwanzig Jahre in der „Geschlossenen" in Gugging, dann einige Male in Steinhof, Herr Weber also tott und Frau Dana recht schweigsam. Ich war vollkommen sicher: Den haben sie umgebracht. Ich wusste auch schon, wer der Mörder war. Ich habe eine rege Fantasie, man hielt es mir immer wieder vor, Fantasie, wenig beim Schreiben, aber viel im Leben, sodass es direkt psychotisch wird. Meine Mutter macht sich Sorgen um mich, sie schreibt es mir in langen Briefen seit vierzig Jahren, aber ich hätte trotzdem darauf gewettet, dass die den Weber umgebracht haben. Und wenn nicht aus Liebe zur Frau Dana, so doch, um sich selbst zu helfen. Die Polizei hat jedenfalls dann nachgeschaut dort, weil mehrere ungeklärte Todesfälle waren, dann hat man nichts mehr in der Zeitung gelesen. Es hieß, es gingen viele auf Urlaub, vom Personal, und eine Krankenschwester musste in Psychotherapie gehen, sonst werde ich selbst psychisch krank, sagte sie. Der Mörder war natürlich der Unfreundliche, der Unheimliche, der eine Pfleger. Ich will ihn nicht näher beschreiben, weil ich Personenbeschreibungen in Büchern ablehne. Ich finde, das hält von der Handlung ab. Kurz und bündig muss ein Roman sein. Ich habe gelitten, wenn die Geschäftsführerin vom Pimperlverlag immer mehr Seiten wollte, „dann wird das Buch dicker, dann können wir es teurer verkaufen." Also eine ausführliche Beschreibung eines unheimlichen, unsympathischen Pflegers, mir jedenfalls war er unsympathisch und eine halbe Seite mich plagen, nur, damit ich in etwa annähernd zeigen kann, wie der Kerl ausgeschaut hat, dann muss ich verfremden, anderen Namen, anderes Aussehen, das wird mir alles zu kompliziert. Ich bin eine eher faule Schriftstellerin. Ich denke mehr nach, tippe wenig. Gnädige Frau, was für Medikamente nehmen Sie? fragte Herr Weber zynisch, als ich ihm einmal widersprach. So wie die Polizei, wenn man sie anruft, misstrauisch fragt: Nehmen Sie Medikamente? Und einmal, als ich ein Protokoll durchgesehen hatte, genau, ehe ich es unterschrieb: „Gnä' Frau, sagen S' uns noch, nehmen Sie Medikamente?"

Der Mitpatient also, die Polizei, die Mutter, die Tante leider auch, die Schwester: „Nimmst eh die Medikamente?"

Es war siebzehn Tage nach dem Tod von Herrn Weber, heute vor zwei Jahren, 17. Jänner, ich trank zu viel, schluckte hundert Seropram, freute mich, als ich sie hinuntergewürgt hatte, aufs Sterben, aber dann lag ich viele, viele Stunden später wach, halb gelähmt und durstig auf dem Fussboden. Die Mutter rief dann an in Steinhof, ich wollte sie nicht sprechen, nachdem ich gemerkt hatte, dass meine Schwester die Situation bagatellisiert hatte. Heute ist Jahrestag, ich bin nicht betrunken, ungefähr um diese Zeit am Abend muss es gewesen sein, es gibt leider kein Tonband von dem Gespräch, ich redete ungefähr eine Stunde lang darüber, dass man Menschen, die sterben wollen, sterben lassen muss. Ich getraute mich nicht, sie zu bitten um Gift und ob ich zu ihr fahren darf und sie mich umbringt. Wenn wieder ein Krieg kommt, dann vergifte ich euch sofort, sagte sie, als wir Kinder waren. Als der Irak-Krieg war, vergiftete sie mich nicht, und ich hätte sie gern darum gebeten. Aber sie jetzt zu bitten: Bring mich um, bringe eine Spritze mit nach Wien, erlöse mich, das wäre dann von Schwester zu Schwester gegangen, Stadtgespräch daheim, ich weiß nicht, irgendwie liegt mir dort an meinem guten Ruf, wenn schon sie den einer Spinnerin hat, ich verzichtete jedenfalls auf ihren Besuch, dachte noch nach, was ein Taxi kosten würde, fiel dann in Ohnmacht, vielleicht Koma, wer kennt sich in der Medizin aus, in der Selbstmorderie, bei den vielen Kunstfehlern, die einer macht, der sich selber umbringen will, der schafft es doch meistens nicht. Jedenfalls, das war vor zwei Jahren. Und heute bin ich nüchtern. Ich nehme die Medikamente nicht. Sie stehen bereit, ich werde sie jederzeit nehmen, wenn ich zu lange wach bin, wenn ich unruhig werde, ich weiß, was ich zu tun habe, aber ich wollte nicht weiterhin, so wie seit dem vierten oder dritten Dezember täglich, verblöden. Du schluckst etwas, daraufhin wirst du sonderbar ruhig, und am nächsten Tag die Nachwirkung, du bist „letschert" irgendwie, dich interessiert nichts, nur dein Stuhlgang, und dann das Essen, ein bisschen, du könntest fressen, soviel Hunger und Appetit machen dir die Medikamente, du sitzt wochenlang und strickst wie eine Trottelin und löst Sudokus in der „Presse" und in der „Kronen Zeitung", Ehrgeiz bricht durch, du möchtest eine Sudoku-Spezialistin werden, und möglichst viele Schals stricken, Kopfbänder, Ohrenschützer, also *Stirnbänder* häkeln, und eines Abends: ich mache das nicht mehr mit, mein Leben ist mir, wenn es mir noch etwas wert ist, zu schade dafür, dass ich es zwischen der Nachtruhe und der Tagruhe verbringe, ich liege im Bett und döse und schlafe und tue nichts, ich torkele aus dem Bett nach wirren Träumen und löse die ersten Sudokus, ich stricke benebelt den ganzen Tag, dann ist sechs Uhr abend, der Tag vorbei, ich darf endlich die Medikamente nehmen, und so wochenlang, und ich schob vorgestern die Schachtel fort. Außer Reichweite.

Heute Vormittag, durch die Liebenswürdigkeit eines Freundes, begann ich zu weinen. Fritz Sluga, der Bruder des verstorbenen Gefängnisreformers Willibald Sluga, schickte mir einen netten, kurzen Brief voll Wärme, dazu einen Zeitungsausschnitt, in dem mein Name erwähnt war. Nicht auf einer Literaturseite, sondern in einer längeren Glosse. Fritz Sluga hatte die Stelle grün angestrichen. Ich freute mich und brach in Tränen aus, ging weinend, halb leidend, halb glücklich, dass ich weinen konnte, ins andere Zimmer, ins Kabinett, und ich schluchzte und schluchzte, es war unfaßbar, da erwähnte mich Robert Löffler, der „Telemax“, in einer Glosse über die Heiligen Drei Könige. Ich wusste nicht, ob ich weinte, weil ich über Fritz Sluga oder über Robert Löffler so gerührt war. Sie hatten mir beide wohlgetan, ein Brief, ein Bericht, noch dazu ein Exzerpt aus einem Buch, zu dem ich seit Jahren erfolglos versuche, die Fortsetzung zu schreiben, aber heute, ohne Medikamente, ist sie mir eingefallen. „Gitti, du musst in die Linzer Vorstadt gehen, Brombeeren holen. Nimm das Pitscherl mit. Du musst bei der Frau (…), das ist eine Witwe, Brombeeren pflücken, und du musst öfter hinausgehen, weil, der Papa hat gesagt, wir könnten dann das Haus erben. Die Frau hat niemanden, und vielleicht, wenn du öfter bei ihr bist, vermacht sie uns ihre Villa. Das hat der Papa gesagt.“

Gitti wird auf den Strich geschickt und kehrt vom Strich wieder heim. „Der Papa hat gesagt, du brauchst eh nicht mehr hinausgehen.“ Ich möchte dem nichts hinzufügen.

Heute ist Jahrestag, ich bin wie betrunken von der Tatsache, dass ich zwei Tage nichts gegessen habe. Und wir wissen ja, wie das geht. Sie nehmen die Medikamente nicht, sie essen nicht, dann werden sie manisch, die Manisch-Depressiven, und dann landen sie bei uns, meistens von der Polizei gebracht. (Und wir haben dann die Schererei. Wenn jeder seine Medikamente nehmen tät und daheim bliebert, hätten wir net die Schererei, und wir müssen uns plagen und den in a Gitterbett sperren, wenn er allen auf die Nerven geht, und wir haben die Arbeit und dann die schlechte Nachred'.)

In der Manie ist man glücklich, hat Herbert gesagt. Die Maniker kommen nicht von selbst, sagte der Psychiater Zapotoczky. Ich nenne ihn nun einmal so, hochlobenswert ist er, Psychiatrien müßte es geben wie Gasthäuser, und die Leute müssen die Angstschwelle überwinden.

Herbert ist begabt. Herbert hat den Witz geprägt: „Wir Milliardäre können uns dieses arme Volk nicht mehr leisten." Es wird viel Geist zerstört, wenn niedergespritzt wird.

Doch dies soll kein Psychiatrieroman werden, Herbert hat gesagt, er schreibt nicht gern, er macht lieber Collagen oder baut an seinem Objekt, denn beim Schreiben „komme ich in die Manie."

Wenn ich gestern die Medikamente genommen hätte oder vorgestern, hätte ich heute wahrscheinlich nicht weinen können. Aber ich habe es durchgestanden. Ich habe geschrieben: Böse Kinder gehen in den Wald und vergiften sich. Gitti hat Angst. Gitti wird jetzt vielleicht die Medikamente nehmen, damit sie schlafen kann. Ein bisschen Kreativität, einen Dämpfer drauf, ein bisschen Kreativität, einen Dämpfer drauf.

Dann kehre ich zurück zu ihm, und dann lege ich mich hin, auf das Sofa, das dann noch immer in dem Wohnzimmer stehen wird, und dann springen drei weiße Frösche aus meinem Mund heraus, aus meiner Gurgel, aus meinem Magen, und die speie und spucke ich ihm ins Gesicht, drei abgetriebenen Kinder, und meinem verstorbenem Vater oder Stiefvater spucke ich sie auch ins Gesicht, und meinem Sohn zeige ich sie. „Ohne diese drei abgetriebenen Kinder wärest du nicht, und sei froh, dass ich drei Mal abtreiben ließ, denn du konntest nur geboren werden von mir, weil ich bis achtunddreißig infolge der Abtreibungen kinderlos war, und ich liebe dich, und ich bin stolz auf dich, und ich konnte dir meine Liebe nicht zeigen, weil ich psychisch krank bin, aber das wird anders werden, ich muss nur die Traumata von den abgetriebenen Kindern loswerden, diese Traumata, die ich bis heute habe, und diese Scheißbischöfe, die die Abtreibung wieder verbieten wollen, und die Frauen, die Kinder kriegen mussten, ohne sie zu wollen, und deren Kinder dann Soldaten wurden und Kriege führten, und Bauern und Schlächter und

Fleischhauer, die Tiere quälen, und ich wäre nicht hier, hätte der Großvater nicht die Schwangerschaft der Mutter gerettet, und ich wäre oft lieber nicht hier, aber wenn ich schon hier bin, muss ich es sagen: kein Fleisch essen, keinen Fisch, sondern die Menschen anders ernähren, keine Kriege führen, keine Tiere quälen, es gibt nicht Mensch und Tier, sondern nur Lebewesen, nenne sie, wie du willst, aber sprich nicht von Tier und Mensch, die Bibel hat hier geirrt, so wie sie frauenfeindlich ist, männerverherrlichend, gut geschrieben, aber von Männern für Männer, und Milliarden Tote haben die Monotheismen schon gebracht, ich erwähne das Ömer Evirgens wegen und ihm zu Ehren, der mir das sagte und dabei den Kopf schüttelte und den Kopf, den er ungläubig schüttelte, in seine Hand legte, und es ist möglich, dass Ömer nicht mehr lebt, denn er war ein Selbstmordkandidat, sehr gebildet und feinfühlig. Und wenn alle Feinfühligen und Gebildeten sich umbringen, weil sie es in dieser barbarischen und mittelalterlichen Welt nicht aushalten, dann werden wir nur noch Barbarische haben, und das sind solche, die in einem Privatjet von Nizza nach Malta Mittagessen fliegen.

Da ich *Psychopax*-Tropfen bekommen hatte, fühlte ich mich wohl, obwohl meine Gedanken mir sagten, dass dies ein schrecklicher Ort war. Unfrisierte, halbnackte Menschen drängten sich zum Frühstück. Verklebte Münder, halboffene Augen, verschlafene Gesichter. Der Kaffee war heiß, die Semmeln frisch. Es gab kleine Döschen mit Marmelade und Honig, Butter, Papierservietten, verschiedenes Gebäck noch außer den Semmeln, und Besteck. Es gab auch Milch, die man in den Kaffee gießen konnte.

Ich hatte noch nie in solcher Gesellschaft gefrühstückt und war mir auch zu gut dafür, bei der Kaffeemaschine zu drängen und mich so unters Volk zu mischen. Ich wollte Abstand wahren und nicht zu den Männern und Frauen dazugehören. Das *Psychopax* bewirkte aber, dass ich gleichzeitig fast zufrieden war. Nun also hier gelandet, Steinhof, wie man heute aber nicht mehr sagen soll, sondern Otto Wagner Spital. Es ist wie Kalksburg oder aber Institut Proksch, Frauengenesungsheim. Es heißt hier auch „Baumgartner Höhe", ich bin also an dem Ort, an den ich niemals hinkommen wollte. Schrecken der Schrecken, Schrecken aller Schrecken, Baumgartner Höhe ist Endstation, hier hört die Würde, ein Mensch zu sein, auf.

In Steinhof bist du irgendwie hineingeworfen in einen riesigen Topf, bei dem der Deckel zugemacht wird. Hölle kenne ich nicht und weiß nicht, ob es so etwas gibt, aber ich dachte, Steinhof sei die Hölle und Baumgartner Höhe nur ein anderer Name dafür. Guglhupf sagen sie auch. Irrenanstalt, Nervenspital.

Am schwersten erträglich waren die Grobiane. Ich verbrachte, aus Vorsicht, die meiste Zeit der ersten Tage mit Lesen. Die Grobiane drängen sich vor, wirken oft wie nichtgeschneuzt, natürlich auch nicht zähnegeputzt, zeigen Muskeln, lassen Besteck und Papierservietten, halbe Semmeln zu Boden fallen und heben nichts auf. Sie verschütten Kaffee und Milch, machen den Tisch naß beim Essen, und zur Entschuldigung sagen sie, das sei von den Medikamenten, dass die Hand so zittere. Das Speisezimmer war nicht so groß. Man saß oft dicht gedrängt. Manchmal war es fast so, dass jemand keinen Sitzplatz bekam.

Das Essen wurde ausgegeben mit großem Besteck, es gab zwei Gerichte, man durfte wählen, und man balancierte die Schüsseln und Teller mit Besteck und Papierserviette zu den Tischen. Ich hatte *Psychopax* in mir und fühlte mich wohl, außer, dass die Gedanken mir wieder sagten, dass das ein scheußlicher Ort war, dieses kleine Speisezimmer.

Mit dem *Psychopax* ist man von einer Minute zur nächsten persönlichkeitsverändert. Etwas wie eine dicke Schutzhaut legt sich um einen. Man kann sogar wie auf einer Wolke schweben.

In einem solchen Zustand sagte ich zum Oberarzt, ich sei hier zuhause, ich wolle nie wieder weggehen.

Er, mit einem Gesicht wie in Trauer oder Abwesenheit, sagte:

„Nein, nein! Zuhause sind Sie hier nicht! Sie dürfen hier nur bleiben, bis wir das Bett wieder brauchen."

Mit dem *Psychopax* hatte ich mich angefreundet mit der Station und allem, was mir dort missfiel. Es herrschte eine kalte Atmosphäre, aber da ich innerlich aufgeplustert war wie von süßer Watte, merkte ich das nicht. Es schockierte mich immer wieder der Anblick eines Mannes oder einer Frau, aber ich blickte weg, in mein Buch hinein, und später kaufte ich mir in der kleinen Trafik beim Haupteingang täglich eine Zeitung, um nicht zu viel zu sehen. Ich rauchte mit den anderen um die Wette, und bei den meisten drehte sich alles um

Zigaretten oder Münzen zum Telefonieren. Ich half aus, was blieb mir übrig? Ich wollte mir keine Feinde machen und wünschte keine üble Nachrede und wollte auch nicht angeschnauzt werden von einem Proleten oder psychisch gestörtem Aggressiven. Psychische Störungen konnte ich nicht erkennen, sah aber, dass manche aggressiv waren. Ich war das Gegenteil, ich war depressiv und schüchtern. Die Schüchternheit hatte ich aus meiner Kindheit und verdankte ich der Halbschwester. Auch genoß ich in der Klosterschule einige schwarze Erziehung. Ich war ein römisch-katholisches von einem militärischen Vater gedrilltes Mädchen. Wollte ich dem Vater gefallen, hatte ich burschikos zu sein, wollte ich mich mit der Mutter gut stellen, musste ich sanft bleiben. Nun über fünfzig Jahre alt, eine physisch nicht mehr attraktive und daher uninteressante und unwichtige Frau. In den Wechseljahren, Menopause. Es trieb mir die Wallungen ins Gesicht, ich erlitt täglich mehrere Hitzeanfälle mit Schweißausbrüchen, die ich aber nicht als unangenehm empfand, sondern endlich war mit meinem Körper etwas los, bekam ich ein Lebenszeichen. Bei den Wallungen war ich im Reden behindert, aber es gab dort im Spital ohnehin nur selten Gelegenheit, etwas zu sagen.

Ich starrte, wenn ich nicht las, auf den Fussboden mit dem Muster, saß oft in der Nähe der Toilettentür, sah, wer hineinging, wer herauskam. Die Toilette wurde vom Personal wie von den Patienten benützt, doch mit verschiedenen Türen. Es sollte nicht sein, dass jemand vom Personal sich über derselben Klosettbrille niederließ wie ein Patient. Im Toilettenraum war ein Waschbecken mit Spiegel und einem Seifenspender. Die Hände abtrocknen durfte man sich an hartem Papier. Es roch hin und wieder stark nach Fäkalien.

Psychopax macht abhängig und süchtig. Es wird einem nicht auf Wunsch gegeben, sondern wenn ein Arzt es verschrieben hat. Es dient der Beruhigung. Auch wenn man vollkommen ruhig ist, kann man es bekommen. Ich schlief bereits, am ersten Abend, als der Pfleger mich weckte, um mir eine Schlaftablette und ein *Psychopax* zu verabreichen.

Der Pfleger hieß Hans. Ein vertrauenserweckender Name. Mit der Bezeichnung „Pfleger" bekam ich allerdings bald meine Schwierigkeiten. Ich sah dort niemanden jemanden pflegen. Auch die

Krankenschwestern hielten sich stark abseits von den Kranken. Die Ärzte in weißen Kitteln, geschäftig hin und her eilend oder herumstehend, den Patienten zugewandt. Ich hatte bald den Eindruck, in einem Auffanglager zu sein, an einer Sammelstelle für Männer und Frauen, mit denen niemand etwas anfangen konnte und mit denen niemand etwas zu tun haben wollte. Das *Psychopax* bewirkte, dass ich nicht fröstelte und nicht schauderte.

Das Aufnahmegespräch hatte ein Arzt mit mir geführt, der groß und breitschultrig war und mir auf den ersten Blick brutal erschien. Seine Nase war stark ausgeprägt und das Gesicht wirkte hart. Er hatte schwarzes Haar.

„Und was glauben Sie, warum Sie hier sind?", fragte er.

Ich fühlte mich durch die Frage überfordert. Einer der Rettungsmänner hatte etwas von einer „Panikattacke" geschrieben, wie der Arzt aus den Papieren vorlas. Ich hörte dieses Wort zum ersten Mal. Nannte man das, was ich hatte, so? Ich wusste ja gar nicht, was ich hatte und was mit mir war. Warum wusste es der Rettungsmann?

Rettungsmänner haben meist ein patziges, lautes Auftreten. Wer ist zum Abholen?

Ich stand angekleidet, mit Stiefeln und Handtasche, in der Tür, als sie über die Stiege heraufkamen. Wer ist jetzt zum Mitnehmen, fragten sie, als sie die andere Frau sahen. Sie saß an meinem Schreibtisch. In sechs Monaten würde ich ein anderer Mensch sein, hatte sie gesagt. Eine ihrer Freundinnen sei in Behandlung gewesen im AKH, nehme nun Tabletten ein, und es gehe vorzüglich. Ins AKH würden sie nicht fahren, nur auf die Baumgartner Höhe. Ich wusste nicht, dass auf der Baumgartner Höhe Gleichgültigkeit herrschte. Das Personal war hier, um sich sein Brot zu verdienen. Die Patienten wurden so bald wie möglich entlassen.

Ich wusste nicht, dass die einzige Behandlung darin bestand, dass man sich um Medikamente anstellte und diese schluckte.

Bei den Medikamenten wurde nicht so gedrängt wie beim Essen.

Ich hatte gehofft, der Arzt, der mich aufgenommen hatte, würde mich wieder ins Zimmer rufen und sich für mich interessieren. Er war aber nur zu sehen, wenn er mit langen Schritten durch die Halle ging. Ein zweiter Arzt war nun da, der mich in einem anderen Zimmer kurz befragte. Ich wusste nicht, ob ich nun alles wieder erzählen sollte. Es wäre mir lieber gewesen, ein zweites Mal mit dem Aufnahmearzt zu sprechen. Jeden Tag, eigentlich, mit demselben Arzt ein oder zwei Gespräche zu führen. Ich hatte eigentlich gehofft, dass man sich um mich annehmen würde.

Ich habe ein psychisches Leiden, das darin besteht, dass ich mich vor eine Straßenbahn oder vor die Untergrundbahn werfen möchte. Aber nur mit der Sicherheit, dass ich sofort tot bin und keine Fleischfetzen herumfliegen. Ich habe das Wort „Fleischfetzen" einmal in den Kopf bekommen und wurde es nicht mehr los. Ich stand einmal auf nach einem Mittagsschlaf, nachdem mir sauübel war, totenübel im Kopf, und ich setzte mich an die Staffelei, um etwas zu malen. Ich dachte: Ich male jetzt die „Fleischfetzen". Dazu nahm ich verschiedene Farben. Es wurde ein abstraktes Bild, nicht schlecht anzuschauen, jenseits aller Grausamkeit. Es war ein abstraktes Bild in farblicher Harmonie. Farbliche Harmonien liegen mir, doch betrachte ich Malerei als Schwindel, das ist ein zweiter Teil meiner psychischen Krankheit. Ich verachte mich, wenn ich gemalt habe. Ich kann nicht so harmonisch sein wie das Bild. Und hinzu kommt das Bildverbot in einigen Religionen. Ich denke stets, da könnte etwas dran sein. Ich habe sozusagen, um auf die Krankheit zurückzukommen, den Wunsch, dass etwas mich überfährt. Dass etwas, das stärker ist als ich, mich vernichtet.

Man nennt es auch: unter die Räder kommen. Nicht mehr vorhanden sein.

Da war ein Wintermorgen, an dem ich das Aufwachen als einen fürchterlichen Schrecken und eine Niederlage empfand. Während des Schlafs war ich in einem anderen Reich gewesen. Dort, wo alles gut ist.

Ich hatte noch keine peinigenden Träume damals. Das Erwachen stellte sich mit einem Schmerz ein. Am Leben. Ich war am Leben. Ich wollte nicht mehr am Leben sein. Ich empfand meinen Körper als Gefängnis und begann ihn zu hassen und zu verfluchen. Nur wegen dieses Körpers muss ich hier sein. Es würde keinen anderen Ausweg geben, als ihn zu töten. Aber wie.

Nun war ich in der Falle des An-Selbstmord-Denkens, aus der es kein Zurück gab. Ich schalt mich undankbar und schlecht. Ich bin nicht mehr normal, dachte ich. Ich möchte normal sein können so wie die anderen. Nur wer normal ist, hat ein Recht auf Leben. Ich wollte nicht am Leben sein und gleichzeitig suchte ich nach einer Berechtigung für mich. Nach einem Recht auf Leben. Ich fand keins. Ich hatte mich dazu verurteilt, unter den Sterbenden zu wandeln. Ich empfand mich als eine Sterbende, deren Tod nicht eintritt, und als eine Sterbende, bei der niemand merkt, dass sie eine Sterbende ist. Mein Fall löste keine Trauer aus, es wusste ja niemand davon. Im Spiegel konnte ich mich vergewissern, dass man mir nichts ansah.

Wenn man es mir nicht ansieht, dann ist es vielleicht nicht, hoffte ich. Ich begann mir die Augenbrauen zu zupfen. Wenigstens kommt das weg, wenn schon ich nicht wegkann. Und wer ist ich. Was bin ich denn außer eine Leiche, die nur irrtümlich niemand zum Friedhof fährt. Was bin ich denn als eine Verrückte, die sich das alles nur einbildet. Wurde ich von jemandem freundlich angesprochen, dann dachte ich: Wenn Sie wüssten! Ich verdiene Ihre Freundlichkeit nicht, ich bin ein Versager. Weder tot noch lebend. Ich schiebe meine Gestalt nur herum zwischen denen, die wirklich leben. Leben zu können erschien mir plötzlich als Leistung. Und ich also der Mensch, der nichts leistet. Dass, wer nicht arbeitete, nicht essen sollte, wusste ich auch.

In jenen Wintertagen verkühlte ich mich und war dankbar, dass statt mir ein Stirnhöhlenkatarrh im Bett lag. Auf den Katarrh konnte man jederzeit zu sprechen kommen. Auf mich nicht mehr. Ich wünschte mir damals eine Krankheit, die mich ewig ans Bett fesseln sollte. Eine Berechtigung zu liegen und mich nicht mehr mit allem dem, was den anderen wichtig war, zu befassen. Ein unerfüllbarer Wunsch, denn Krankheiten kann man nicht herbeirufen.

Das Heimgehen vom Einkaufen ist mit der Gefahr verbunden, in eine Depression zu kippen. Ich trage die Einkaufssäcke, Menschen mit Einkaufstaschen sieht man immer seltener, ich gehe über die Kreuzung Zieglergasse-Westbahnstraße, an der seit einiger Zeit eine Fussgeherampel ist. Der Gehsteig führt nun leicht bergauf, das Schottenfeld lag ja auf einem der Hügel Wiens, war bewaldet und bewiest, es geht von der Ringstraße bereits bergauf, am Volkstheater vorbei, in die Breite Gasse, wo das kleinste Haus von Wien steht, und weiter bergauf in die Siebensterngasse, bis zur Neubaugasse, und wieder bergauf, Westbahnstraße bis zur Haltestelle an der Zieglergasse. Diesen Weg zu Fuss zu gehen läßt einen außer Atem kommen. Es fährt der Neunundvierziger, es fahren die Autos und Fahrräder, es ziehen Menschen ihre Einkaufswagen, das Einkaufen („shopping") ist die Volksbelustigung Nummer 1. Am *Schnitzelhaus* vorbei, in dem nur wenige Gäste sind, ich weiß nicht, wovon sich dieses Restaurant ernährt und wem es gehört, gegenüber die Kirche, deren Tor sonntagnachmittags versperrt ist, am Sonntagnachmittag gibt es keinen Weg zum lieben Gott, an „Höchstkrediten" vorbei, ja, ich glaube, hier ist zuerst „Höchstkredite", dann der Juwelier, ein geheimnisvoller Laden, in dem ich eigentlich nie Kundschaft sehe, ein Teppichgeschäft mit dem Angebot der Teppichreparatur, die Fahrradhandlung, der griechische *Arnes*, ein Restaurant, das auch meist leer steht, und gegenüber die Apotheke, brauche ich noch irgendetwas, ich gehe gern in die Apotheke hinein, wegen des guten Geruchs. Die Konditorei hat samstags und sonntags geschlossen. Alle Torten und Kuchen sind aus der Auslage weggeräumt. Ich werde immer müder. Jetzt ist der Moment, in dem ich mich auffangen muss. Dreißig Jahre wohne ich hier, seit dreißig Jahren gehe ich einkaufen, das sind zehntausend Mal ungefähr, die ich diesen Weg schon gehe. Wiederholungen haben etwas Deprimierendes. Schon zehntausend Mal den Schlüssel ins Haustor gesteckt, zehntausend Mal gedacht in der Schottenfeldgasse, ob ich vorsichtig überquere oder überfahren werde. Nur keine Depression jetzt beim Anblick der Stufen im Haus, ganz bewusst habe ich sie nie gezählt, und wenn ich in Versuchung komme, sie zu zählen, sage ich mir den Text eines Liedes vor. Vor der Wohnungstür, zum zehntausendsten Mal aufgesperrt. Im Vorzimmer die Säcke abstellen, das hat ja Zeit, immer wieder in den Eiskasten einräumen und in die Küche stellen, ich schaue zuerst, ob mich jemand angerufen hat, es ist das rote Blinken ein Willkommensgruß. Das Telefon mein Mitarbeiter, der Anrufbeantworter mein Sekretär. Nein, es hat niemand angerufen, eine Depression will kommen, ich wehre sie ab, sage mir, das ist nicht so wichtig, dass jemand anruft, sie denken an einen, schließlich, auch wenn sie nicht anrufen, wer weiß, wie viele Menschen in der Welt jetzt gerade an mich denken. Wie oft denke ich an Menschen, intensiv, ohne sie deshalb gleich anzurufen oder ihnen zu schreiben. Ich bin nicht allein. Ich lebe nicht allein. Ich wohne nur allein. Und das ist gut! So, Depression abgewehrt. Ich habe eine geräumige Wohnung (die Wohnung hat mich), ich habe einen großen Schreibtisch (der Schreibtisch hat mich), ich habe eine Schreibmaschine, ein Radiogerät, sie haben mich.

Eigentlich bin ich unwichtig, sage ich mir, wenn der Verfolgungswahn kommt. Es ruft mich niemand an, weil alle meine Bekannten beschlossen haben, mich zu boykottieren. Sie haben vereinbart, dass ich ganz allein sein soll, ganz allein, auch keine Briefe mehr vom Briefträger, das Postamt ist beauftragt, Briefe, die an mich gerichtet sind, nicht mehr zuzustellen, das Postamt ist beauftragt, Briefe, die ich absenden möchte, in einen Papierkorb zu werfen, das Postamt erneuert immer dann einen Posten mit einem neuen Beamten, wenn ich Vertrauen gefasst habe und beim Abgeben der Briefe scherze. Vielleicht, wenn ich ein Los kaufe, bleibt der Beamte länger. Er ist ja kein Beamter mehr, eigentlich, sondern ein jederzeit kündbarer Angestellter. Es kommt auf den Umsatz an. Darum fragt er auch manchmal: „Ist ein Los vielleicht gefällig?“ Es läutet das Telefon. Eine mir unbekannte Männerstimme: „Spreche ich mit Frau Brigitte Schwaiger?“

– Ja.
– Wir haben ein Abonnementangebot an Sie, Sie bezahlen acht Euro monatlich und erhalten unsere Zeitung ein halbes Jahr lang zu diesem Preis geliefert. Sie können das Abonnement dabei jederzeit kündigen.

Ich nehme das Abonnement an, weil es nett ist, dass jemand sich für mich interessiert. Als ich aufgelegt habe, weiß ich, dass ich einen Fehler gemacht habe. In der Therapie sollte ich nämlich das

Abgrenzen lernen. Das Verhalten ändern, den Mut haben, Nein zu sagen. Höflich, freundlich, bestimmt und klar, selbstbewusst, ohne Schuldgefühle: „Das ist sehr freundlich von Ihnen, dass Sie mir Ihre Zeitung schicken wollen, aber zur Zeit benötige ich kein Abonnement!“ Es ist mir also wieder nicht geglückt. Dann läutet das Telefon ein zweites Mal. Ich hebe ab. Ich will mutig sein. Ich will nicht auf dem Anrufbeantworter zuerst alles anhören und dann zurückrufen, ich werfe mich trotz Scheu und Angst ins kalte Wasser, ich hebe ab.

– Schwaiger?

– Ja, Frau Schwaiger, es freut uns, dass wir Sie erreichen, wir haben eine Umfrage. Frauen zwischen dreißig und fünfzig werden gefragt, ob sie …

– … ich bin nicht zwischen dreißig und fünzig, es tut mir Leid, sage ich und lege auf. Was bildet ihr euch ein. Fast jede Woche eine Umfrage. Manchmal sogar um acht Uhr Abend. Einmal sogar um halb zehn Uhr Abend.

Oder sie haben sich das ausgemacht, dass sie mich stören und irritieren werden mit Umfragen, sie sind mit der Postdirektion und meinen Bekannten im Bunde, es läutet ja manchmal an der Tür, und ich mache nicht auf. Einmal war es der Briefträger, und ich wollte öffnen, da hörte ich eine Stimme:

– Pass auf, geh ja nicht hin! Der will dich umbringen!

Ich ging zur Tür und spähte durch den Spion. Da sah ich, wie der Briefträger seine Hand in der Sakkotasche stecken hatte, er versuchte einen Kugelschreiber herauszubefördern, aber das gelang ihm nicht, denn die Sakkotasche war vollgestopft mit etwas. Er klopfte dann an die Tür. Ich rief:

– Legen Sie bitte die Post auf die Türschwelle.

Ja, da wäre etwas zum Unterschreiben.

– Ich unterschreibe nichts mehr!

Danach rief ich die Polizei an. Es sei mein Briefträger bei mir gewesen mit einer Waffe in der Sakkotasche oder einer Handgranate, sie sollten ihn aufhalten auf der Straße, er trage das wahrscheinlich noch bei sich. In der Eile fiel mir sein Name nicht ein, aber ich gab eine Personenbeschreibung durch.

Ich dachte ja früher oft: Wenn ich aus dem Haus gehe, werde ich erschossen. Oder: Jemand wirft eine Handgranate nach mir. Ich habe auch immer schon Angst gehabt, einem Amokläufer zu begegnen. Oder dass jemand sich von hoch oben aus einem Fenster stürzt und auf mich drauffällt. Ich gehe selten ins Kino und nie in ein Konzert oder Theater, weil ich nicht will, dass Unschuldige zu Tode kommen, wenn meinetwegen das Theater oder das Kino in die Luft fliegt. Ich habe auch Angst vor einem Brand, und dass man dann nicht hinauskann und einander gegenseitig zertritt. Eigentlich bin ich am Liebsten daheim, obwohl ich weiß, jederzeit kann die Tür eingetreten werden, und verkleidete Polizisten, einen terroristischen Überfall vortäuschend, machen mir den Garaus. Besonders in der Nacht, wenn ich aufwache und es ist stockdunkel, weiß ich, dass die Mörder jederzeit bei meinem Bett stehen können. Ich höre ja manchmal ihre Stimmen. Dann muss ich wieder die Medikamente nehmen, oder aber ich entschließe mich, tapfer zu sein. Ich liege im Bett, ich schlafe, dann schlafe ich nur halb, denn in der Wohnung sind feste Schritte, das Holz knirscht, es begeben sich Männer in mein hinteres Zimmer und beraten, ob sie mich umbringen oder lebend mitnehmen sollen, einer ist dann ganz nah bei mir, er beugt sich über mich, ein anderer brüllt Schimpftiraden, die ich nur zum Teil verstehe, ich halte durch, ich bin aufgewacht, es sind akustische Halluzinationen, die werde ich aushalten, bis sie abklingen. Ich möchte ja, obwohl ich psychisch krank bin, Respekt vor mir haben. Wenn es regnet, weiß ich, dass ich etwas getan habe, was nicht in Ordnung ist. Der Himmel würde sonst nicht traurig sein. Es tut mir nur Leid, dass die anderen Menschen den Regen ebenfalls zu spüren bekommen, obwohl sie schuldlos sind. Wenn jemand stirbt, dann weiß ich, dass es ist, weil ich einen Fehler gemacht habe. Wenn sich jemand umbringt, dann weiß ich, das ist nur, weil ich mich noch nicht umgebracht habe. Ich war ja guten Willens, etliche Male, doch ich scheiterte stets. Nun ist auch so ein Leben zwischen Leben und Tod nicht leicht zu ertragen, weil zwischen Leben und Tod wenig Platz ist. Man muss aufpassen beim Sterben, dass die Seele gut hinüberfindet aus dem Diesseits ins Jenseits. Ich bereite mich auf das Sterben vor. Jeden Abend bete ich ein Vaterunser und ein Gegrüßet seist du Maria. Am Tag bin ich froh, wenn die Nacht mit schlimmen Träumen vorbei ist. Ich zünde mir eine Zigarette an, trinke Kaffee, hole die Zeitung herein, mir sehr wohl gewahr seiend, dass mich genau in dem Moment, in dem ich mich um die Zeitung bücke, ein Schlag auf den Kopf treffen kann. Aber ich bin mutig. Ich habe meine Zeitung, ich löse ein Sudoku, nehme die Stricknadeln und stricke, drehe das Radio auf, die Nachrichten, drehe ab, weil die Nachrichten mich nicht interessieren, ich gehe zum Fenster und schaue, ob vielleicht drüben jemand herausschaut, die Nachbarin Erika, der ich winken kann, sie winkt dann zurück und fragt mich, wie es mir geht.

Gegen halb elf schleiche ich dann hinunter durchs leere Stiegenhaus, schaue unten, ob Post ist.

Wenn der Kasten leer ist, war der Briefträger noch nicht da. Wenn zwei Reklameblätter drin sind, weiß ich, er war schon da und Gott liebt mich nicht. Ich habe einen Fehler gemacht. Und ich denke nach, was für einen.

Soll ich mich jetzt anziehen oder soll ich im Nachthemd bleiben. Wenn ich das Nachthemd trage, glaube ich, ich bin eine Krankenhauspatientin. Trage ich meinen Pyjama, so glaube ich, ich bin ein alter kleiner Mann.

Ich muss aufpassen, dass ich nicht in eine Depression falle. Der leere Briefkasten beweist, dass mich niemand mehr mag, niemand mehr schätzt. Dass ich allen Menschen auf Erden vollkommen gleichgültig bin. Ich denke nach, wie viele es sind. Drei Milliarden Menschen, ungefähr, und allen diesen drei Milliarden bin ich absolut gleichgültig. Ich muss aufpassen, dass ich nicht Selbstmordgedanken bekomme, denn die fressen sich sofort so in mich ein, dass ich anfange, die Tabletten und Kapseln zu zählen, die ich bei mir habe, sie wieder in eine Porzellanschale lege und die kommende Zeit damit verbringe, immer auf die Schale zu blicken. Vielleicht kann man vom bloßen Anschauen der Medikamente eines Tages tot sein. Ich denke lieber, dass gegen mich eine Verschwörung besteht, und zwar seit meiner Geburt. Und dass sie alles tun werden, um mich zu vernichten.

Wenn ich einkaufe beim *Billa* rieche ich gern das Warenangebot, es ist alles bunt, ich habe glückliche Sekunden, während ich auf die Waren zusteuere, in den Gängen mit den Regalen voller Flaschen, Dosen, Säckchen, ich möchte alle Fruchtsäfte und alle Gemüsegläser heimtragen, wenn sie nicht so schwer wären, ich kaufe Zündhölzer, Haushaltspackung, weil sie so billig sind, ich kaufe Pantoffeln, mehrere Paare, weil sie nur neunundsiebzig Cent kosten, ich kaufe Kaffee, in größerer Menge, nicht ein Glas, sondern drei, es könnte ja sein, dass ich mich eines Tages so mit Lebensmitteln und Genusswaren eindecke, mit Mineralwasser und Fruchtsäften ohne Zucker, dass ich eine oder zwei Wochen hindurch in der Wohnung bleiben kann.

An der Kassa bin ich ein normaler Mensch. Obwohl ich die Kassiererin schon beim Hereinkommen gegrüßt habe und sie mich auch, sagt sie jetzt, als ich ihr die Waren aufs Förderband stelle, noch einmal „Grüß Gott!" und ich sage es auch.

Es könnte sein, dass sie von jemandem geschickt ist, ich bemühe mich, möglichst unauffällig zu sein. Manchmal tue ich ihr den Gefallen und bezahle bar. Dann braucht sie nicht so lange zu warten, bis ich die Bankomatkarte eingeschoben und getippt habe.

– Danke! – sagt sie, wenn sie mir das Geld zurückgibt.

– Ich danke! – sage ich stolz und beeindruckt von meiner Höflichkeit. Höflichkeit erleichtert das Leben, hat ein Filmregisseur einmal zu mir gesagt, das sei von Friedrich Nietzsche. Ich verlasse den *Billa* im Triumph, mit meinen schweren Säcken, aber draußen beginnt der Gehsteig.

Er ist hart, so wie die ganze Stadt hart ist, der Boden, die Häuser, ich gehe leicht bergauf, weil beim *Billa* hier die sich erhöhende Straße weitergeht, einmal noch an der Trafik vorbei, die Tür ist offen, es ist ein warmer Tag. Ich könnte hineingehen, um eine menschliche Ansprache zu haben, und noch zwei Schachteln Zigaretten kaufen, obwohl ich zuhause genug habe, und ich könnte auch vielleicht eine Zeitung kaufen, dann wird das Gespräch länger. Aber dann gehe ich vorbei, ich möchte tapfer sein und mich nicht immer trösten mit *zwischenmenschlichen Begegnungen*, ich verlerne das Reden, meine Sprache geht mir verloren in den Tagen unaufhaltsamen Strickens, ich werde mit einer Lebenserwartung von noch dreißig Jahren dreißig Jahre lang stricken und Sudokus lösen, hoffentlich gibt es die immer.

Nun stehe ich an der Kreuzung Zieglergasse-Westbahnstraße. Sie haben uns hier eine Fussgeherampel hergebaut, die wir wegen der Übersichtlichkeit nicht brauchen. Aber die Stadtverwaltung wollte uns etwas Gutes tun oder mich ärgern. Ich schaue hinüber zur Kirche. Notfalls ist sie immer da. Man kann hineingehen und sagen: Lieber Gott, hier bin ich, was willst du von mir, das ich tue, ich bin ja bereit, ein guter Mensch zu sein.

Ich stelle einen Sack ab und benetze mich mit Weihwasser. Da sagt die Stimme meiner Mutter: „Geh, das ist doch voller Bakterien."

Ich gehe zum Altar, und in gebührender Entfernung mache ich einen Knicks, wobei ich mich von den Einkaufstaschen hinunterziehen lasse. Dann setze ich mich auf die vorderste Bank rechts, bei der Marienstatue. Es brennen einige Kerzen, aber ich möchte die Einkaufstaschen nicht aus den Händen geben, also zünde ich keine an. Ich sitze da und glaube nicht und fürchte mich vor Gott und der Maria.

Wenn ich hinausgehe, habe ich es hinter mich gebracht. Ich stelle die Taschen ab, um mich mit Weihwasser zu benetzen, da sagt meine Mutter:

– Na, das war aber ein kurzer Besuch!

Das Sonnenlicht verscheucht die Stimme, ich gehe hinüber auf den anderen Gehsteig, leicht bergauf, an „Höchstkrediten" vorbei, am Juwelier, ich gehe vorbei am Schanigarten des Griechen *Arnes*, dann weiß ich nicht, soll ich in eine Depression kippen oder durchhalten und mir sagen: Ich bin fröhlich.

Was wahr ist, streut nicht Sand in die Augen,
was wahr ist, bitten Schlaf und Tod dir ab
als eingefleischt, von jedem Schmerz beraten,
was wahr ist, rückt den Stein von deinem Grab.

aus: Ingeborg Bachmann, „Was wahr ist“

Michaela Falkner

Falkner II

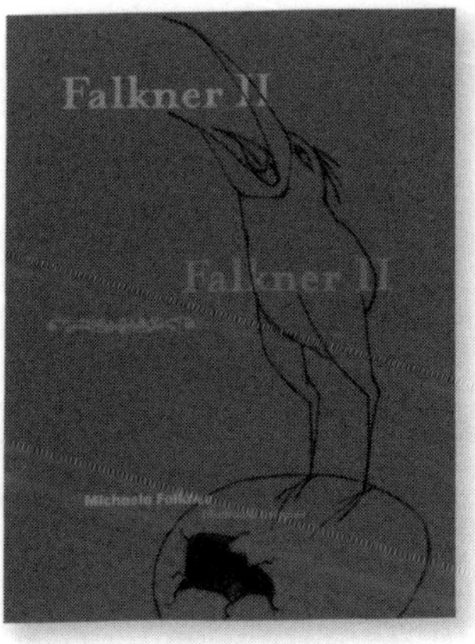

Hardcover
94 Seiten
Euro 15,–
ISBN 10: 3-7076-0089-0
ISBN 13: 978-3-7076-0089-6
www.czernin-verlag.com

„In beginnendem Banne Ellbogen am Tisch grüne Flecken auf schönen Händen Hieben nachsinkend schwärmerisch gegen die Brust stemmend Beine brechen Beine brechen mit allen daraus sich ableitenden Ansprüchen.
Den Schlachtruf auf den Lippen: „I want You!"
Gereinigt und plan geschliffen spiegelblank poliert die Oberfläche für nachfolgende Rituale empfindlich machen."

„Die Wirklichkeit ist bei Michaela Falkner nur ein Vorrat an Wünschen. – Eine literarische Entdeckung."
Neue Zürcher Zeitung

Barbara Macek

sehen & nicht sehen

Hardcover
88 Seiten
Euro 15,–
ISBN: 3-7076-0090-4
ISBN 13: 978-3-7076-0090-2
www.czernin-verlag.com

Mit gelegentlichen Raubzügen und Diebstählen bestreitet der Ich-Erzähler von *sehen & nicht sehen* sein karges Dasein, das asynchron zum Lebensrhythmus seiner Mitmenschen verläuft.
Einziger konstanter Ansprechpartner ist ein schattenhafter Tod, der ihm am Frühstückstisch ebenso Gesellschaft leistet wie in der Gefängniszelle.
Über die Auseinandersetzung mit der Sterblichkeit, Vergänglichkeit des Fleisches und über die Konfrontation mit der Welt, wie sie in Form von medialen Splittern, Bildern und Textbruchstücken täglich unsere Sinne füllt, findet die Entwicklung der Ich-Figur statt; ein Bogen wird gespannt, der sich letztlich zum Kreis schließt.

Sandra Pfeifer

schattenflamingo

Hardcover
206 Seiten
Euro 19,–
ISBN: 3-7076-0091-2
ISBN 13: 978-3-7076-0091-9
www.czernin-verlag.com

„Velouria kennt die Stadt. Manchmal sitzt sie am Fenster und schießt mit ihrer Wasserpistole auf das Empire State Building. Ihre Freunde kommen und gehen. Tetra ist neu. Auch sie fühlt die Kraft dieser Stadt und sucht eine Verbindung zu ihr. Manchmal verschlucken sie die Wellen des Großstadtmeeres. Tetra findet Velouria. Sie will Velouria sein. Velouria will Tetra.
Diese hat Angst vor Entscheidungen, weil sie die Gründe noch sucht. Velouria kennt die Gründe, doch hat Angst vor dem Suchen. Als beide loslassen, fallen sie in die Zeit, die sie schon miteinander verbrachten, bevor sie sich trafen. In einer Stadt, die jeden Morgen ihr Gestern vergisst und nicht auf den nächsten Tag zählt. So erleben sich auch die beiden.“